汪兆骞 著

诗说燕京

山西出版传媒集团 北岳文艺出版社

·太原·

图书在版编目（CIP）数据

诗说燕京 / 汪兆骞著. — 太原：北岳文艺出版社, 2022.2
（香雪文丛 / 向继东主编）
ISBN 978-7-5378-6587-6

Ⅰ. ①诗… Ⅱ. ①汪… Ⅲ. ①散文集－中国－当代 Ⅳ. ① I267

中国版本图书馆 CIP 数据核字 (2022) 第 123845 号

诗说燕京

汪兆骞　著

//

出品人	出版发行：山西出版传媒集团·北岳文艺出版社
郭文礼	地址：山西省太原市并州南路 57 号　邮编：030012
选题策划	电话：0351-5628696（发行部）　0351-5628688（总编室）
谢放	传真：0351-5628680
	经销商：新华书店
责任编辑	印刷装订：山西人民印刷有限责任公司
谢放	
书籍设计	开本：787mm×1092mm　1/32
张永文	字数：188 千字　印张：8.75
	版次：2022 年 8 月第 1 版
篆刻	印次：2022 年 8 月山西第 1 次印刷
李渊涛	书号：ISBN 978-7-5378-6587-6
	定价：68.00 元
印装监制	
郭勇	本书版权为本社独家所有，未经本社同意不得转载、摘编或复制

汪兆骞 著

诗说燕京

山西出版传媒集团　北岳文艺出版社
·太原·

图书在版编目（CIP）数据

诗说燕京 / 汪兆骞著． — 太原：北岳文艺出版社，2022.2
（香雪文丛 / 向继东主编）
ISBN 978-7-5378-6587-6

Ⅰ．①诗… Ⅱ．①汪… Ⅲ．①散文集－中国－当代 Ⅳ．① I267

中国版本图书馆 CIP 数据核字（2022）第 123845 号

诗说燕京

汪兆骞　著

//

出品人　郭文礼	出版发行：山西出版传媒集团·北岳文艺出版社
	地址：山西省太原市并州南路 57 号　邮编：030012
选题策划　谢放	电话：0351-5628696（发行部）　0351-5628688（总编室）
	传真：0351-5628680
	经销商：新华书店
责任编辑　谢放	印刷装订：山西人民印刷有限责任公司
书籍设计　张永文	开本：787mm×1092mm　1/32
	字数：188 千字　印张：8.75
	版次：2022 年 8 月第 1 版
篆刻　李渊涛	印次：2022 年 8 月山西第 1 次印刷
	书号：ISBN 978-7-5378-6587-6
	定价：68.00 元
印装监制　郭勇	本书版权为本社独家所有，未经本社同意不得转载、摘编或复制

总序

香雪是广州地铁6号线的一个终点站名。近几年，常往返于6号线上，每每听到这个报站，总觉得有味。有时顺手拿一张地铁线路示意图看，一个个站名过一遍，唯觉得香雪这名儿富有内涵，让人遐想。

记得还是二十世纪八十年代，曾参加一次文学讲座。一位诗人教导我们如何作诗，他顺口溜出几句写雪的诗："江山一笼统，井上黑窟窿。黄狗身上白，白狗身上肿。我就去打酒，一脚一个洞……"显然，前四句是唐人张打油的《雪诗》，后面也许是他随意发挥的。他说这首诗，好就好在全诗没有一个"雪"字。作为一个客住之人，我对粤文化所知有限，不知当地是否有咏雪的诗篇遗存；即便有，也不会很多吧。

广州是个无雪之城。每年冬天，要看雪，只有北上远行。市郊有广州海拔最高的白云山，冬天，偶尔也会飘几粒雪花，但落地即化。香雪之名缘何而来？后来才知道是萝岗有一香雪公园。旧时，广州也有"羊城八景"之说，香雪自然名列其中。羊城人喜欢雪，就因为无雪吧。

由广州人好雪,我联想到一个有趣的问题:凡生活中没有的东西,人们总是越想得到。譬如一个美好的愿望,其实就是一种精神诱导,或叫一种心理安慰剂,尽管如镜花水月,而有,总比无好,画饼还是要的。未来是美好的,现在吃苦受累,就是为了将来。天堂并不是虚妄的。我是个过了耳顺之年的人,河东河西,一生也算见过不少,如要追溯这传统,恐怕比我辈年长,只是觉得于斯为盛罢了。

香雪之所以拿来做了丛书名,也是一时想不到更合适的。这套丛书分A版、B版两个系列,各有不同。至于能做到多大的规模,还真不好说。唯愿读者开卷有益,也愿香雪能带给人们不一样的遐想。

是为序。

向继东

二〇二二年三月于广州

自序

因缘萍水，亦非偶然。余随家人从天津旧意大利租界，移居北京皇城根下四合院，已六十余载矣。晨钟暮鼓中流连帝京四九城，蓝天鸽哨下徜徉胡同三千六，自认早就成了北京人了。

岁月漫掩，几度劫痕，如缕缕轻风从眉际拂过，唯对渐行渐远燕京的巍峨城郭和似画景物余情不了，乡愁便在心中鼓荡。

龚定庵诗曰：未济终焉心飘渺，百事翻从缺陷好。吟到夕阳山外山，古今谁免余情绕。

说其别来沧海事的一腔怆怀也好，道是羚羊挂角无迹可寻的禅机也罢，其间意蕴与我对古城那份情怀是相通的。

自辽、金、元、明、清，定鼎燕京，营都建城，克臻其盛。形势之雄，气运之隆，风物之妙，亘古莫有，堪称世界文化名城。其一景一物，皆是一段历史、一首史诗、一幅画境、一个世界，无不为人类文化之瑰宝。

旧燕京气象，大都被历史雨打风吹去，只留下孤独苍凉的背影和宿命。余只能从旧文考据，特别是文人墨客的诗词题咏中，揽片羽于吉光，拾童蒙之香草，见识古城的雪泥鸿爪。

夜伏灯下，每与这些诗文对晤，便发些抚今思古的幽情。有人说："真正的美除了静默之外，不可能有别的效果……每当你看到落日的灿烂景色时，你可曾想到过鼓掌？"

呜呼，发心敛衽，从诗文里看到的燕京古城，已远去如云泥、河汉，余只有悲叹。但不管江湖魏阙，水流云度，余情不了的总是它曾经的辉煌，还有它不委流俗的个性。

写了这本笔记体小书，就算"只因身住风烟里，画个朝参一笑看"罢，对我自己，便是"菊花插得满头归"了。浅薄简陋谬误之处，望读者谅之。

余愧不获卒业以底于成，而不敢忘记为本书付出心血之好友胡萍等诸友的帮助，在此致以谢忱。

是为序。

壬辰五月写毕，改稿于丁酉立春
定稿于己亥夏北京抱独斋

目 录

皇城气象

勃、碣之间一都会
  ——辽金元明清的燕京建制　　/3

登临疑梦复疑非
  ——燕京九座城门的兴衰　　/20

黄扉紫禁留风采
  ——紫禁星垣紫禁城　　/37

肃肃銮舆祭祖德
  ——"左祖右社"太庙和社稷坛　　/69

东苑宸游忆去年
  ——明英宗击球射柳与"南宫复辟"　　/72

太液昆明接上林
  ——南海、中海和北海　　/75

夜深不管排场歇
  ——辽金元的宫廷娱乐　　/94

独吊空园泪满襟

　　——消失的"万园之园"圆明园　　／98

只因身住风烟里

　　——慈禧与颐和园　　／105

文书堆案眼从遮

　　——秘藏皇帝宝训实录的皇史宬　　／116

万岁山雨锁龙楼

　　——景山与崇祯自缢的古槐　　／118

悠然虚者与神谋

　　——祭祀天、地、日、月之坛　　／121

帝京风物

一川风景夕阳中

　　——金章宗钦定"燕京八景"　　／131

暮鼓晨钟东长歌

　　——钟楼、鼓楼相对望　　／146

滂沱满眼水层波

　　——西海子与飞放泊　　／150

老树遗台秋更悲

　　——元、明、清北京别业　　／160

步随芳草去寻诗

　　——草桥，赵孟頫与歌姬把酒赋诗　　／181

清波一勺买千钱
　　——北京的井和井的故事　　/183
青芝之岫含云苍
　　——乾隆捡漏与米万钟败家　　/189
瞻灭只在殿中间
　　——天安门原是木牌坊　　/192
四蹄如柱鼻垂云
　　——北京御象与什刹海象浴　　/195
夹路骑驴女似云
　　——明御史骑驴及脚驴　　/198
添得青袍多少泪
　　——金榜题名与贡院　　/202
张灯不待月高时
　　——灯市口昔日繁华灯市　　/206
魄然万古藏嵯峨
　　——团城与忽必烈玉瓮　　/210
遗经辛苦穷编葺
　　——国子监与皇帝辟雍讲学　　/212
嘉树栽培用意深
　　——从首善学院到京师大学堂　　/218
金色界中兜率景
　　——先有潭柘，后有北京　　/221

早花零落晚花开

  ——帝京的花树 /225

锦鞯翠袖迎娇娥

  ——元、明、清京华之青楼一瞥 /253

内城排日作新春

  ——老北京春节 /262

皇城气象

勃、碣之间一都会
——辽金元明清的燕京建制

北京，"勃、碣之间一都会也"。左环沧海，右拥太行，北枕居庸，南襟河济，形胜甲于天下。究其沿革，周武王灭商，封召公于北燕，以蓟城（今北京）为都。秦王灭燕，改蓟城为广阳郡。汉时改为幽州。晋曰范阳，宋曰燕山，元曰大兴，明谓之北京。其地"绳直砥平，形胜爽垲"，"负山带海，虎踞龙蟠"，"南控江淮，北连朔漠"，是天子必居其中，以受四方朝觐的宝地。

元郝经《入燕行》曰：

> 南风绿尽雁南草，一桁青山翠如扫。
> 骊珠昼擘沧海门，王气夜塞居庸道。
> 鱼龙万里入都会，颅洞合沓何扰扰。
> 黄金台边布衣客，拊髀激叹肝胆裂。
> 尘埃满面人不识，肮脏偃蹇虹霓结。
> 九原唤起燕太子，一尊快与浇明月。

> 英雄岂以成败论？千古志士推奇节。
> 荆卿虽云事不就，气压咸阳与俱灭。
> 何如石晋割燕云，呼人作父为人臣。
> 偷生一时快一己，遂使王气南北分。
> 天王几度作降虏，祸乱衮衮开其源。
> 谁能倒挽析津水？与洗当时晋人耻。
> 昆仑直上寻田畴，漠漠丹霄跨箕尾。

明孟思诗：

> 箕尾分星野，轩辕肇帝墟。
> 燕山蟠王气，瀛海带宸居。
> 西北饶兵马，东南富国储。
> 太平兹乐土，非梦亦华胥。

二诗皆赋燕京乃上得天时、下得地势、中得人心之帝都气象和建都历史。

辽

安史之乱后，大唐帝国逐渐衰落。唐驻幽州（治所在今北京城区西南广安门附近）的节度使石敬堂，于九三六年叛唐，自立为后晋称高祖。后又将幽州拱手献给长城之外契丹人建立的辽王朝。辽依幽州之利，先后合并燕云十六州，改幽州为辽南京。

辽太宗会同元年（938），以幽州为南京幽都府。当时的辽南京的原址，在今北京的西南方，东部与今外城西部重合。城为正方形，方圆三十六里，高三丈、宽一丈五，城堞、敌楼、战橹皆备。城墙外有三道地堑。开八门：东曰安东、迎春，南曰开阳、丹凤，西曰显西、清晋，北曰通天、拱辰。大内（皇宫）在西南隅。皇城内有景宗、圣宗御容殿。殿东曰宣和，殿南曰大内。内门叫宣教。外有三门：南端、左掖、右掖。门有楼阁，球场在其南。东为永平馆。皇城西门曰显西，设门而不开。北曰子北。西城巅为凉殿，东北隅有燕角楼。渡卢沟河六十里至幽州，号燕京子城。正南叫启夏门，内有元和殿，东门叫宣和，城中坊巷有楼。

一一二五年，辽被金兵所灭。契丹文化与汉文化的相互交融，对辽代的封建化进程有重要影响，而以北方文化为底蕴的北京辽文化也有独特之处，只可惜辽给北京留下的文化印迹却寥寥，仅有延寿寺、昊天寺、天宁寺等寺院存焉。

金

金朝是我国境内东北地区的女真族上层贵族集团于北宋末年创建的封建王朝。灭辽后，进兵中原，攻克宋都汴京，俘宋徽钦二帝，史称"靖康之耻"。金朝占据北方大半个中国，与偏安江南的南宋对峙。金哀宗天兴三年（1234）金被南宋和蒙古所灭，金朝仅存一百二十年。北京留下了不少金朝的印记。

金贞元元年（1153），金主完颜亮迁都燕京，以为中都，府曰大兴。金中都于辽南京基础上扩建而成，城周围三十五里，城门有十二，东西南北，每面开三门。正门两旁又设两门。正东有宣曜、阳春、施仁三门，正西有灏华、丽泽、彰义三门，正南有丰宜、景风、端礼三门，正北有通玄、会城、崇智三门，此四城十二门。其正门常不开，出入悉由旁两门。内城门有左掖、右掖，宣阳又在外。《金史》曰，城门有十三，北面有四门，即多一光泰门。而又有史曰，光泰门或许是会城、崇智之别称。《析津志》又说南面有清怡门，疑是通玄门的别称。

在这之前，金忠献王粘罕，有意改造燕京，在内城外又筑四城，每城各三里，前后各设一门，城楼、渡桥、护城河、沟堑齐备。每城之内，又设仓库，各穿复道，与内城连通。当时陈王兀室，将军韩常、娄宿都笑其杞人忧天。忠献说：百年内，就能证明我这么做是对的。到海陵王定都北京，想要撤除城池，翟天祺曰，"忠献开国元勋，措置必有说"，此事才作罢。

天德二年（1150），燕展筑南城。入丰宜门，过龙津桥，此桥分三道，全部用玉石做护栏，上雕婴儿，状极工巧。过此桥便到了宫城，城周九里三十步。内城南门叫宣阳门。门分三，中绘龙，两偏绘凤。中门除车驾出入处，平时不开。平常走两侧门。城楼有二，一曰文，一曰武。从文转东有来宁馆，自武转西有会同馆，都是为宋使而设。正北是千步廊，东西各有偏门，向东曰太庙，向西曰尚书省。又向北是应天门，高八丈，朱门五，饰以金钉。东西相去里余，又设两门，左为左掖，右为右掖。内城之正东叫宣华，西叫玉华，北叫拱辰。门内有九重殿，殿有三十六门，阁七十二。正中位叫皇帝正位，后叫皇后正位。位之东叫内省，西叫十六位，乃妃嫔的居所。西出玉华门，为同乐园、瑶池、蓬瀛、柳庄、杏村，皆在院内。

皇宫正殿曰大安，常朝殿有仁政、神龙、泰和、常武等，都是召见、奏事、宴饮、观射的地方。南宋大诗人范成大，曾到此一游，留下了诗篇《龙津桥》：

燕石扶栏玉作堆，柳塘南北抱城回。
西山剩放龙津水，留待官军饮马来。

龙津桥的堂皇气势，尽显无遗。金时诗人元好问也有关于丽泽门的诗：

双凤箫声隔彩霞，宫莺催赏玉溪花。
谁怜丽泽门边柳，瘦倚东风望翠华。

元好问，鲜卑族后裔，金正大年间（1224）任国史院编修官，金亡不仕，是金朝最有成就的诗人。

金章宗的《宫中绝句》：

> 五云金碧拱朝霞，楼阁峥嵘帝子家。
> 三十六宫帘尽卷，东风无处不杨花。

则尽显帝王眼中的堂皇气象。七绝甚工，辞采华美，风格婉丽。

西苑，在西华门西，金始修造，为离宫。后元、明、清递加增饰。苑中有湖，旧名西海子。南北岸约四里，东西长约二百余步。上跨石桥，有护栏，皆汉白玉镂镌。桥下可通巨舟。东西有华表，东曰玉蝀，西曰金鳌。另一桥自承光殿达琼华岛。南北也峙华表，曰积翠，曰堆云。瀛台在其南，五龙亭在其北，蕉园、紫光阁东西对峙。夹岸槐柳、古槐，多百年。宫中人呼瀛台为南海，蕉园为中海，五龙亭为北海，盛夏荷香满苑。金时，称此为西华潭，明称金海。玉栋桥东，有承光殿，围以圆城，后称团城。

琼华岛，多叠奇石，其巅有殿。相传金章宗曾与李妃夜坐，上曰："二人土上坐。"妃曰："一月日边明。"金章宗大喜。

施闰章《上元日御苑登洗妆台》诗：

> 禁林灯节许人来，太液苍茫接汉回。
> 前代御舟犹水榭，中天白塔旧妆台。
> 苑亭重绕沧洲出，宫殿高擎丽日开。
> 向夕含情遥指点，景山终古自崔嵬。

清代康熙翰林施闰章写前三朝的风物，多凭想象，借题发挥，并无深意；而且只一笔写妆台，有走题之嫌。

朱彝尊比施闰章小十一岁，康熙时同朝翰林，朱纂《明史》，史学有独到见解，他为辽后洗妆楼填有《台城路》词：

> 层阑不厌波光冷，明霞远梢鱼尾。细草含苴，圆荷倚盖，犹与舞衫相似。揉蓝片水，曾簌蝶湔红，影蛾描翠。锦石秋花，当时稳贴皁罗髻。
>
> 春城几番士女，纵嬉游元夕，沙界烟寺。黄面瞿昙，白头宫监，也说千年遗事。回心院子，问殿脚香泥，可留萧字？怀古深情，焚椒寻蠹纸。

好一个"怀古深情"，道尽妆台"千年遗事"，情系其间；再一句"可留萧字"，物是人非，有一腔凄惋之慨。

又据考，章宗为李宸妃建梳妆台于皇城东北隅，而琼华岛妆台，金时古物也。后说成是辽萧太后梳妆楼，是不对的。朱彝尊误将李妃妆台说成萧太后之妆楼，即是一例。

元

元朝是中国历史上第一个由少数民族建立的统一的封建王朝。忽必烈称帝后十二年，一二七一年，取《易经》中"大哉乾元"之义，改大蒙古国国号为大元。一二七六年，攻克南宋都城，宋王朝覆灭，元王朝最后统一全国。

元朝作为多民族统一国家，其制度基本上沿袭宋、金旧制，同时也保存了蒙古的某些旧制。经济上发展较为缓慢。但因当时东西交通发达，这有利于文化的传播和交流，因此元代文化，包括哲学、史学、艺术等都有相当的成就。如以关汉卿为代表的元杂剧就是一证明，《析津志》记关汉卿正是在"文瀚晦盲"之时，"淹于辞章"，使他成为元代"杂剧班头"。王实甫的五本二十一折的《崔莺莺待月西厢记》，代表了元代爱情杂剧的高峰。

在元大都的建设上，元代也给燕京留下一笔丰厚的遗产。

《元史》本传记载，至元"四年（1267），又命秉忠筑中都城，始建宗庙宫室。八年（1271），奏建国号曰大元，而以中都为大都"。世宗忽必烈下诏，定都燕京，称大都。

《北京志》说，大都按《周礼·考工记》中关于帝王元都建设的布局，以琼华岛为中心，诸宫殿组成三个建筑群，环列湖泊两岸。由木桥与琼华岛相联。海之西，为太后、太子所居两组宫殿，与大内隔湖相望。围绕皇宫中心，加筑萧墙（宫墙），萧墙外是环绕皇城的大城。

《北京志》载，元都城周六十里，以"围三径一"（类圆周率）计算，城之南北约二十里。

大都城分十一门：正南曰丽正，左为文明，右为顺承；正东曰崇仁，东之南曰齐化，东之北曰光熙；正西曰和义，西之南曰平则，西之北曰肃清；北之西曰健德，北之东曰安贞。一二七三年二月，建钟鼓楼于城中。

隋朝建的天宁寺，原在城里，元时已成城外。悯忠寺有唐景福元年（892）重藏舍利记碑，其铭曰："大燕城内，地东南隅，有悯忠寺，门临康衢。"元时，也被划在城外。康熙辛酉年，西安门内有中官置宅掘地，得一卞氏墓志，刻"十二辰相"，皆兽首人身，题为："大唐故濮阳卞氏墓志。"文曰：贞元十五年岁次，己卯七月，夫人卒于幽州蓟县。蓟北坊以其年权厝于幽都东北五里之礼贤乡……都城几次变更，坊市代有不同，今再寻金、元遗迹，多已"湮没而无徵"矣。

元朝的皇宫，宫城九里三十步，为砖石所砌。分六门，正南曰崇天门，左为星拱，右为云从。东门叫东华门，西门称西华门，北门叫厚载。崇天门内有白玉石桥三座，中为御道。星拱门南有拱宸堂，是文武百官集合之所。崇天门内有大明门，是大明殿正门。旁建侧门，有房围绕，与左右文武楼相接。大明门左曰日精门，右曰月华门。大明殿有十一间，高九丈，柱廊七间，高五丈，寝室五间，东西夹六间，后连香阁三间，高七丈。中设七宝云龙御榻，并设皇后位。寝室后为宝云殿。东庑（堂下周围之房）中曰凤仪门，西庑中曰麟瑞门，房共一百二十间。宝云殿后叫延春门，内为延春阁。阁左叫懿范门，右叫嘉则门。延春阁九间，后寝殿七间，东西夹四间，后香阁一间。大明寝殿东曰文思殿，西曰紫檀殿。寝殿东有慈福殿，西有明仁殿。左庑中曰景耀门，南为钟楼。右庑中曰清灏门，南为鼓楼。清灏门外有玉德殿，东西有香殿。宸庆殿在玉德殿后，左右有更衣殿。

隆福殿在皇宫之西、兴圣门之前。南有三红门，东西红门各一，绕以砖墙。东红门一，后红门一。光天殿前为光天门，左为崇华门，右为膺福门。殿后寝室五间，左青阳门，右明晖门。青阳门南为鸾凤楼，明晖门南为骖龙楼。寝殿东曰寿昌殿，西曰嘉禧殿。针线殿在寝殿后，周庑一百七十二间。后侍女直庐五所及左右浴室。文德殿在明晖门外，又曰楠木殿。盝顶殿在光天殿西北，香殿在宫垣西北隅，前后有寝殿。文宸库在宫垣西南隅，酒房在宫垣东南隅。

兴圣宫在皇宫西北，万寿山之正西，以砖墙围之。南红门三，东、西、北各有一红门。兴圣门内为兴圣殿，七间。左明华门，右肃章门，寝殿五间，后香阁三间。东庑中弘庆门，西庑中宣则门。凝晖楼在弘庆南，延影楼在宣则南。嘉德殿在寝殿东，宝慈殿在寝殿西。兴圣宫后为延华阁，阁右为畏吾儿殿，后为妃嫔院。兴圣殿西廊是奎章阁，至正元年（1341）改为宣文阁，后又改为端本堂，为皇子肄学之所，旁有秘密室。

元大都皇宫南，建金水桥，后不复存在，但清康熙二十九年（1690）重建的天安门前的金水桥，正是建在元代金水桥的旧址上，其形也极似。

元朝的皇宫比辽金皇宫大而齐全，元时宋褧在《晓晴暂出丽正门》诗中，有较形象的描写：

> 团团碧树压宫城，白凤门楣澹日明。
> 回首琼华仙岛上，片云犹欲妒新晴。

碧树环绕的宫城，蓝天白云下的琼岛，画儿一般的风光。

元时另一位诗人欧阳原功则歌曰：

> 丽正门当千步街，九重深处五云开。
> 鸡人三唱万官集，应制须迎学士来。

此诗写皇宫巍峨、万官集聚的盛况。同时可看出，元代社会存在的儒士危机，得到某种缓解。"士惟不得用于世，则多致力于文字之间"是当时士的生存状态。当然，诗里也有一种参世的渴望。

有趣儿的是，到明朝时，诗人的笔下，元代的皇宫和百姓生活，被描写成盛世景况，如明周宪王《元宫词》：

> 雨润风调四海宁，丹墀大乐列优伶。
> 年年正旦将朝会，殿内先观玉海青。

> 健儿千队足如飞，随从南郊露未晞。
> 鼓吹声中春日晓，御前咸着只孙衣。

> 鹿顶殿中逢七夕，遥瞻牛女列珍馐。
> 明朝看巧开金盒，喜得蛛丝笑未休。

> 兴圣宫中侍太皇，十三初到捧炉香。
> 如今白发成衰老，四十年如梦一场。

奎章阁下文词盛，太液池边游幸多。
南国女官能翰墨，外间抄得竹枝歌。

安息薰坛建众魔，听传秘密许宫娥。
自从受得毗卢咒，日日持珠念那摩。

瑞气氤氲万岁山，碧池一带水潺潺。
殿旁种得青青豆，要识民生稼穑艰。

月宫小殿赏中秋，玉宇银蟾素色浮。
宫里犹思旧风俗，鹧鸪长笛序梁州。

合香殿倚翠峰头，太液波澄暑雨收。
两岸垂杨千百尺，荷花深处戏龙舟。

棕殿巍巍西内中，御筵箫鼓奏薰风。
诸王驸马咸称寿，满酹葡萄献玉钟。

此词写皇宫的形胜、建制、风物、景色、活动，如同将我们引进大内，去见识一下皇帝的生活。大乐优伶、鼓号赛跑、七夕夜宴、白发宫女、比诗赛赋、敬神奉佛、学农稼穑、中秋赏月、荷池赛舟、驸马祝寿……一一写来，读之如临其境。这般写元时的歌舞升平，其谀颂之态，跃然纸上。可怜蠹书客，缃帙牙签，空费年华。但将元朝的皇宫真容，留给了后人，也算功德。

元大都在十二三世纪，不仅是中国政治、商业、文化中心，还是著名的国际商贸大都会。意大利著名旅行家马可·波罗，曾与其父、其叔去过元大都，亲眼看到并感受到元大都的繁盛与美丽，他撰写的闻名于世的《马可·波罗游记》，生动、形象、真实地反映了元大都市政建设的独特恢宏、商业市井的繁华及风景名胜的优美，对世界了解中国功莫大焉。

明

明太祖朱元璋一三六八年即皇帝位后，派军北伐，扫荡山东、两河，收复大都，驱元顺帝，全国统一，建立明王朝。开国以来，社会安定，经济恢复发展，出现繁荣局面。

洪武初，改大都为北平府，克城后，以城围大广，乃减东西以北之半，缩其城之北五里，废东西之北光熙、肃清二门，其九门俱仍旧。改土城墙，包砖壁，周围四十里。东、南、西三面各高三丈有余，上阔二丈。城北高四丈，阔五丈。城周有濠池，深丈余，宽十八丈。

永乐中定都北京，改北平为顺天府。城有九门：南曰丽正、文明、顺承，东曰齐化、东直，西曰平则、西直，北曰安定、德胜。

至正统初，更名丽正为正阳，文明为崇文，顺承为宣武，齐化为朝阳，平则为阜城，余四门仍旧。各城楼皆重檐歇山顶，上铺灰筒瓦，绿琉璃剪边。以正阳门箭楼最为壮观，南侧面阔九间，北出抱厦七间，东南西三面设四层箭窗，南五十二孔，东西各二十一孔。

嘉靖二十三年（1544），筑重城包京城南面，转包东西角楼，长二十八里。有七门，南曰永定、左安、右安，东曰广渠、东便，西曰广宁、西便。后又增修各门瓮城。瓮城比内城略小。

为抵御蒙古人入侵，嘉靖在北京修建了外城，北京城由口字形变成凸字形。外城兴建影响北京社会结构。清入北京后，内城只许八旗军民居住，于是在宣南形成繁荣商贸地区。

明程文德有《登五凤楼[1]》诗：

> 六月六日天晶明，九重广内暴干旌。
> 金锁朱扉开凤阁，禁籞偶随仙侣行。
> 复道岧峣登且止，俯视恍入青冥里。
> 金钟鼍鼓大十围，震击元来闻百里。
> 紫电青霜森武库，高幢大纛纷无数。
> 中有神祖手执戈，摩挲黯黯生云雾。
> 赤缨玉勒间驼鞍，岁久神物何蹩跚！
> 传是文皇渡江日，万斛载宝来长安。
> 祖宗英谟久不灭，辉煌重器遗宫阙。

1　五凤楼：指紫禁城之午门。

千秋万代付神孙，张皇庙算恢光烈。

平生浪说骑凤游，吾今真上凤凰楼。

直须彤管纪胜事，天风吹骨寒于秋。

清

明神宗万历四十四年（1616），建州女真统治者努尔哈赤在东北地区建立大金（史称后金）王朝，明崇祯九年（1636），皇太极改国号曰清。一六四四年，皇太极之子福临继位，改元顺治，睿亲王多尔衮摄政。一六四四年，李自成攻入北京，明朝灭亡。多尔衮乘机入关，以明降将吴三桂为先导，灭李自成后攻占北京，定都北京。之后，分列八旗，拱卫皇居。设顺天府，统管大兴、宛平两县，而地方沿袭明制分属五城，每城有坊。中城曰南薰坊、澄清坊、明照坊、保泰坊、大小时雍坊、安福坊、积庆坊。东城曰明时、黄华、思城、南北居贤、朝阳六坊。南城有正东等七坊，西城有阜财等六坊，北城有崇教等九坊。

清朝保留明时城市格局，城池街巷除逐渐增建部分宫苑、王府、庙寺之外，并无大变化。变化最大的，是清顺治元年（1644），将居住在内城的汉民强制驱至外城居住，将八旗军民安置内城，"以左、右翼为辨"，即所谓"分列八旗，拱卫皇居"。内城东半部为左，西半部为右，八旗分而居之。每旗域内，又按满、蒙、汉军区别，依次安置于皇宫近远。因清王朝崇尚喇嘛教，内城广建寺庙，众僧侣得以留居内城。

清初，内城禁止行商、唱戏等活动，促使前门一带成为繁荣的商业和文化娱乐区域。会馆、商店、戏楼、妓院鳞次栉比。戏剧家孔尚任住宅离此不远。

北京从明初大规模兴建起，经清时康乾盛世时的修葺扩建，已经成为世界上最为宏伟壮丽的大都城。直到清朝灭亡后古城已见颓败的一九二四年，瑞典学者喜仁龙还这样评价北京："内城城垣，雄伟壮观。初看起来，它们也许不像宫殿、寺庙和店铺、牌楼那样赏心悦目，当你渐渐熟悉这座城市以后，就会觉得这些城墙是最动人心魄的古迹——幅员广阔、沉稳雄劲，有一种高屋建瓴、睥睨四邻的气派。"明周宪王《元宫词》虽记五凤楼，不啻为一首燕京颂。

"燕山游子江南客，独对燕京感今昔。世间荣辱偶然事，不独帝都堪叹息。"叹京都之盛者，不仅当朝的官吏和士子，连瑞典喜仁龙对北京城的巍峨，也发出由衷的感叹，作出精妙的比喻：如果我们把它"比作一个巨人的身躯，城门好像巨人的嘴，其呼吸和说话皆经由此道，全城的生活脉搏都集中在城门处"，由此出入的，"不仅有大批车辆、行人和牲畜，还有人们的思想和愿望、希望和失望，以及象征死亡或崭新生活的丧礼和婚礼行列。在城门处你可以感受到全城的脉搏，以至全城的生命和意志通过这条狭道流动着——这种搏动，赋予北京这一极其复杂的有机体以生命和运动的节奏"。

我们的诗人们，长于拟古、咏史、游览、即景，托物寄兴、吊古伤今；而瑞典学者喜仁龙，却以极生动的比喻，极富哲理地表达出他对事物的认识和评价。二者也算相得益彰，歌颂了燕京的风貌和精神。

登临疑梦复疑非
——燕京九座城门的兴衰

"登临疑梦复疑非"是金代诗人元好问《出都》诗中的半句。全句是"历历兴亡败局棋,登临疑梦复疑非"。抒发的是登临中都城门,往事似梦,"家亡国破此身留"的感慨。燕京的城池,见证了历史的兴衰。

北京古城周四十里,高三丈五尺五寸。城有九门:南曰正阳,南之左曰崇文,之右为宣武;北之东曰安定,之西为德胜;东之北曰东直,之南曰朝阳;西之北曰西直,之南曰阜城。

"明永乐七年(1409)为北京城,十九年乃拓其城,本朝(清)鼎建以来,修整壮丽,其九门之名,则仍旧焉"。明正统元年(1436)至正统四年(1439),英宗帝朱祁镇下谕旨修京师九门,在原有基础上,新造瓮城和箭楼。

正阳门

正阳门,俗称前门,元名丽正,位于天安门南。明成祖朱棣迁都北京后,于永乐十七年(1419),将元大都南城垣南推一里半,丽正门也随之迁移,正统元年改丽正门为正阳门。

明英宗,为加强京城的防御能力,派太监阮安、都督沈青并工部尚书吴中等,役使万人,修建京师的九门城楼。竣工后,正阳门也建成正阳门箭楼。正阳门南有正阳桥,跨护城河为石梁三,其南绰楔五楹,甚壮丽,"金书正阳桥清字"。

正阳门在天安门紫禁城正南,故被人称为国门。《宸垣识略》载:"正阳外门设而不开,惟大驾由之。月城东西设二洞子门,为官民出入。"又《明宫史》载:"正阳门,掌门官一员,管事官数十员……带管外罗城南面居中之永定门。凡冬至圣驾躬诣圜丘郊天。并耕稷田,咸由正阳门出也。"

正阳门平时关闭,只有皇帝到天坛祭天,或去先农坛祭祀农神时,城门洞开,銮驾由此出入。官民只能从城门西侧的瓮城通过。

传说,皇帝过正阳门,见楼匾上"正阳门"之"门"字,有钩,颇为不悦。回銮后,敕令重写"正阳门"三字,把"门"之钩拉直,以示吉祥。现查有关资料,紫禁城内所有"门"字皆无钩,证明皇帝是讲究"避讳"的。但令出哪位皇帝,已无可考。

皇帝多避讳,而臣子多尽忠。《明史》记载,刑部右侍郎孟兆祥,崇祯甲申三月,守正阳门,战死于城下。其子进士孟章明、妻何氏、妇王氏,俱自缢。为大明殉葬之忠烈,甚至感动了敌手清王朝,赐谥"忠靖"。

正阳门和大清门之间,周绕以石栏,四周列肆长廊,百货云集,故又曰千步廊。

元欧阳原功有诗句:"丽正门当千步街",则千步廊为阛阓是不错的。不远处有吏部署,府内有明吴宽手植藤花,故大殿称藤花厅。吴宽有诗曰:

> 手植朱藤已七年,长条缘架每相缠。
> 只看叶密清阴覆,忽极花多紫粉悬。
> 风下掉头嫌一老,雨馀舒眼眄三贤。
> 从今堆字诗还和,写入当时草木篇。

旧景已成云泥,那株朱藤却依然如故,或真可写入草木篇。

一九〇〇年,义和团火烧大栅栏廊房头条专卖西药的老德记药房,大火蔓延周围民房,又一路烧到正阳门,箭楼起火,幸未倾塌。同年,八国联军攻陷天津,直捣北京,在天坛圜丘架炮轰炸正阳门,刚刚被烧不久的箭楼毁于炮火。八国联军之印度兵在正阳门城楼内取火,不慎引发大火,城楼被焚毁。同时,八国联军的大炮轰塌崇文门箭楼,朝阳门箭楼也未能幸免;为把铁路修到正阳门,又破坏永定门东侧城池和东便门的城墙,且凿洞崇文门瓮城,美国兵为乘火车方便,拆除城墙修建券门通道。北京正阳门东南始有前门火车站。

现存的正阳门,是一九一四年改建的,为砌砖壁垒式城门。覆以灰筒瓦,绿琉璃剪边,重檐歇山顶。楼宽十一丈余、深五丈、高八丈,整体城楼高十二丈余,为京城之最。箭楼共四层,南楼北厦，巍峨壮观，为北京的象征。正阳门箭楼与五牌楼之间，有河道，曰西河沿，有一石马横其上。石马长约六尺余，高三尺。京城子午线之中的"午"，即是石马，十二属相午马之谓。乃老北京一景。

国门正阳门，与燕京内外城十六座大城门一样，规制复杂，非仅一座城楼下一城门而已。在大城门外，还建有一道拱卫城门的曲城，即半圆形的城关，也叫瓮城，或曰月城。《武经总要前集·守城》有记载："其城外，瓮城，或圆或方，视地形为之。高厚与城等，惟偏开一门，左右各随其便。"毛伯温在其书中还记载瓮城正对城门的城墙上，建有一座和城门相仿的"箭楼"，可以箭射杀外来之敌。《元史·顺帝纪八》又载，"诏京师十一门，皆筑瓮城，造吊桥"。即城门外有瓮城，瓮城之外凿护城河，造吊桥以应急。

清光绪二十六年（1900）即庚子年，八国联军攻破北京城。正阳门城楼及箭楼皆毁于战火，仅存城楼底座及门洞，颓垣断壁，瓦砾成堆，其凄凉之状，让人痛心。

狼狈弃城逃亡西安的慈禧太后和光绪皇帝，于庚子之后的第二年即一九〇二年一月，在签了很多屈辱的卖国条约之后，终于要返回北京了，史称"庚子回銮"。

尽管没有班师回朝的荣耀，但"回銮"依然浩浩荡荡。一月八日，銮驾队伍要进永定门，过国门正阳门，回到紫禁城。可慈禧、光绪怎能从已化为残垣的国门入大内？清廷不得不采取应急措施，给统治者保留一点"龙颜"，决定用绸绫糊一座足以以假乱真的正阳门。纸糊的手段早已在一八八九年正月二十七日光绪大婚典礼时就使用过。当时，贞度门和太和门被大火烧毁，为不给大婚添堵，工匠们用纸搭了一座贞度门应急。将纸糊工艺用得最令人叫绝的是侍候慈禧的太监小德张和李莲英，每次慈禧用膳的上百个菜肴里，有七八十种是用纸糊的，摆摆样子，应应景骗慈禧。慈禧最多吃三五种菜，这样"纸菜"省下的钱，就流入小德张和李莲英的腰包了。

"庚子回銮"时，吹吹打打的仪仗队伍，煞有介事地路经假正阳门，给早已气息奄奄的"大清"涂上了一层凄凉苦涩的色彩。

曾任直隶总督的陈夔龙有《梦蕉亭杂记》记此事："庚子京师拳匪之乱，正阳门城楼化为灰烬，辛丑，两宫回銮有期，余奉命承修跸路工程，以规制崇闳，须向外洋采办木料，一时不能兴工，不得已，命厂商先搭席棚，缴以五色绸绫，一切如门楼之式，以备驾到时藉壮观瞻。"此文所记，当属事实。

一九四九年二月三日，中国人民解放军在正阳门举行威武盛大的入城仪式，北京开启新纪元。

崇文门

崇文门，在正阳门之南之东，元为文明门，即哈达门。因哈达大王府在门内，故名之，明正统间改今名。当年，文明门一带，林木明秀，柳荫黄鹂，泉水楼阁，空水澄鲜，美不胜收。

明薛瑄《夏日出文明门》诗：

文明门外柳荫荫，百啭黄鹂送好音。
行过御沟回望处，凤皇楼阁五云深。

崇文门有乐园，也称吴匏庵。内有海月庵、玉延亭、春花池、醉眠桥、冷澹泉、养鹤栏等景观。

明吴宽《玉延亭成次陈玉汝韵》诗曰：

偶栽山药得佳名，墙下幽亭一日成。
车马勒回无俗士，壶觞倾倒尽平生。
升阶脱履长头近，倚槛观书老眼明。
此后来游谁复障，绕篱须为惜残英。

玉延亭、海月庵早已不存。《析津日记》云："访其遗迹，已不可得，而《春明梦余录》以为在皇墙之西，故朱彝尊原书列之中城西偏，其实亦传闻之辞耳。"

据当时的诗赋载，在崇文门街第，有园曰乐，中有亭曰玉延。又考毛澄《重建玉延亭记》，知崇文门当时乃一胜景也。

崇文门又以"瓮城"左首"镇海寺"内有一镇海铁龟而闻名。铁龟直径一米多，造型独特拙古。传说崇文门护城河有一泉眼，曰海眼，遂铸铁龟镇之，以求平安。

《宸垣识略》载，崇文门有泡子河，立吕公祠，"祠后有物,白气竟丈,夜游水面,人或见之,则倒入水,作鼓桨声,或曰,水掛也。"建铁龟,莫非镇此物?待考。

宣武门

宣武门,在正阳门南之西,元为顺承门,明正统间改今名,人犹呼为顺承门。

宣武门瓮城箭楼的台基上,设五尊古老的大铁炮,称"午炮"。炮身刻有铸炮工匠之名。古炮铸造年代大约在明初,炮之工艺水平颇高。据《最新北平指南》介绍,京城只有宣武门和德胜门的城墙上设午炮。每日午时,点炮一次,声震京城,以示时间,人称"宣武、德胜午炮"。宣武,崇尚武功之意,宣武门设铁炮顺理成章;德胜门,系凯旋之门,也设午炮,似也有理。

明时,宣武门有石灯庵,汤右曾有《初秋小集石灯庵》诗:

> 岩然削出此香台,恰在蒹葭野水隈。
> 一夕肯抛明月去,廿年曾共故人来。
> 因缘旧梦销禅榻,触迕闲情付酒杯。
> 九陌归途正灯火,少留未用仆夫催。

宣武门瓮城内,原有砖砌"五火神台",祭火神之用。瓮城内低洼,雨季,城内之雨水多从宣武门五火神台流出,汇入护城河。守护城门的兵丁,以神台基座之砖为记,判断城内积水的情况,以决定何时开启城门泄水,故有"宣武水平"之誉。

宣武门东城根,设时宪局,此处即明天启二年(1622)都御史邹元标、副史冯从吾所建的首善书院。后礼部尚书徐光启率西洋人汤若望等,借院修著历法,覆以瓦,堂中供耶稣像,可算是西方文化传播于中国的先河。

安定门

安定门,在正阳门之东北,元为安贞门,明洪武间改今名。本秦蓟县地,辽为析津,金名大兴,元、明、清仍称大兴。金时,大兴县署在安定门内教忠坊。大兴县东,有宜园,昔为冉驸马花园,有石假山,名万年聚。

明张学曾在《九日集宜园》诗中,描写安定门不远处的风光:

> 小扉幽径复,游赏幸追随。
> 石自万年聚,花知九日期。
> 都入方瞿瞿,园蝶已窥窥。
> 尚约移尊就,霜风莫便吹。

安定门内有鼓楼和钟楼,南北相望。鼓楼,旧名齐政楼,元时建,上置铜刻漏,制极精妙,传说宋朝故物。齐政,取"璇玑玉衡,以齐政"之义。钟楼,即万宁寺中心阁,元至元年间建。今之钟楼在鼓楼北,明永乐中筑,后毁于火,清乾隆十年(1745)重建。钟楼雄敞高明,与鼓楼相望,有八隅四井之号。初建时,阁四阿,檐三重,悬巨大铜钟于上,钟声远播,四城可闻。

安定门,旧时期朝廷派兵出征,得胜后由此门凯旋。有意思的是,"明崇祯甲申三月,兵部右侍郎王家彦,协理京营,守安定门。城陷,自投城下,不死,折臂及足。仆扶入民舍,自缢死,或云自缢于城楼"。跳城自杀而不投敌,清廷表彰其忠烈,赐谥"忠毅"。明清统治者以德服天下,用心良苦。京城九门中,有八大城门在瓮城内,建关帝庙,唯安定门之瓮城中独筑真武庙。真武,即玄武,中国古代神话中北方之神。据《云麓漫钞》载,宋代真宗赵匡恒时,尊玄武为"镇天真武灵应祐圣帝君",故民间多筑庙供奉。安定门东北不远,即有供奉真武的显佑宫。明永乐年建,成化中又修,庙中丹墀砌石上有文"象梅梢古月",系旧物。

德胜门

德胜门在城北,与东面的安定门相对应。元时称健德门。那时健德门外有水稻八百亩,以供御用。内官监四十人管理。当时有诗曰,"渭川千亩意,相对日披襟",谓此。

明洪武元年(1368),朱元璋命大将徐达攻克元大都。元顺帝于破墙之前,不战而仓皇从健德门北逃至应昌(今内蒙古克什克腾旗西北）。越二年病死。明太祖因其"知顺天命，退避而去"，加号顺帝，庙号惠宗。

徐达克大都，为贺胜利，改健德门为得胜门。明初，在营建北平时，"缩其城之北五里"，又将得胜门改为德胜门。徐达，字天德，故以德命之。自此，明清两朝，凡出征之师或得胜班师，皆由德胜门出入。如隆庆四年（1570）辛爱犯辽东，总兵王治道战死，大将李成梁于万历二十九年（1601）复镇辽东，从德胜门返京，因功加太傅。清康熙间，平定三藩叛乱、准噶尔叛乱后，前线派将入德胜门进宫报捷。乾隆间，平大小和卓木以及大小金川土司叛乱，抗廓尔喀入侵，所俘敌将及所缴兵器由德胜门入，献于乾隆。后乾隆将缴获的敌纛、兵器陈列南海武成殿，作为朝廷武功的见证。

德胜门较之正阳门、崇文门、宣武门，规格较低，但城楼也是重檐歇山顶，上铺灰瓦，绿琉璃瓦剪边，面阔七间，进深三间，上下两层，守城将卒可登楼远眺。德胜门前方，另有一座城楼，曰箭楼。左右有城墙，与内外城墙相接，形成向外凸出的方形小城，此乃瓮城。京城瓮城如正阳门东、西、南皆有城门，唯德胜、安定仅有东门。

明代，德胜门城上守城武器有滚木、礌石，以防备敌人用云梯登城；城墙外地面铺设铁蒺藜、拒马，可抵骑兵。另有撞车、叉竿、飞钩等兵器。城头之上，有火炮，可袭远处之敌。

德胜门处与其他外城一样，城外凿有护城河，河水引京西玉泉山水。明正统年间，扩宽加深护城河，宽约九丈，深约丈五，离城墙十五丈。护城河上多设木桥，战时可收起；也有筑石桥设可收放铁栅栏者。明时，护城河部分地段砌石岸。德胜门内有德胜桥，西有积水潭，潭水注桥下。东行转西南为李广桥，径僻，岸无行人，古槐浓荫如盖。每年六月六日，中贵人用仪仗鼓吹引导，洗马于德胜桥之湖上，三伏皆然。崇祯时，洗御马之地改为积水潭，红仗引导，御马排行，锦帕覆于马背。后有触角青牛至，诸马莫敢先焉。明朱德润有《观内厩洗马》诗：

> 黄云洒雨沙场秋，滩高水平凝不流。
> 晓霜袭透苍驼裘，圉人浴马津水头。
> 绿骠连钱双骅骝，日光射波脂腻浮。
> 青丝脱鞚黄金钩，轻爬短刷湿未休。
> 三花剪鬣平且柔，箓云骏气将无俦。
> 束刍斗豆岂马羞，茫茫丰草生林邱。
> 霜蹄何为踏长楸？振鬣一跃期天游。

诗极开阔而细腻地写出洗马之盛况，实为京城一景观也。

乾隆四十三年（1778），时遭大旱，燕山地区庄稼颗粒无收，饥民离乡背井，迁徙逃荒。年末，乾隆帝北上察看明十三陵，銮驾经德胜门时，逢弥天大雪，乾隆以为瑞雪兆丰年，大悦。命銮驾停在德胜门，即兴赋诗三首，通谕将诗刻于碑上，以慰天公作美。遂有"德胜石碣祈雪碑"立于瓮城中，其碑行制与"燕京八景"碑相似。但煞风景的是与瓮城中"同行德煤栈"匾为伍，不伦不类。

名曰德胜，仅仅图个吉利。明、清两朝，从德胜门所出之师，有保疆卫国的、平定叛乱的正义之师，但更多的是镇压农民起义的虎狼之军。明末，李自成率军东进，经山西，过大同，由居庸关直捣德胜门，破北京，是对德胜之门的嘲弄。

朝阳门

朝阳门，在城东之南。元为齐化门，明正统年间改今名。又元正东曰崇仁门，东之左曰光熙门，东之右曰齐化门。

明兵攻入京城，元大将丁好礼，不肯逃亡，被推至齐化门，不屈而死，也谓忠臣。

朝阳门之廓，有一古井，井水清凉甘滑，颇为有名。金代大定年间，僧善祖在此造寺庙，朝廷嘉奖，赐名大觉寺。名僧万松老人住持大觉寺，榜其斋曰"昨梦"。《析津志》考，古井在齐化门太庙前，后大觉寺废，古井也不存。

元时，齐化门外杏花最繁。在城下东岳庙石台，常有文人墨客相聚，张宴赋诗，传为盛事。纳新诗云：

> 上东门外杏花开，千树红云绕石台。
> 最忆奎章虞阁老，白头骑马看花来。

连白头老翁都兴致勃勃来赏杏花，足见赏杏花之盛。至明时，朝

阳门花事渐衰,而西郊见盛。万历后,摩诃庵杏花多至千余株。朱太傅《摩诃庵观杏花作》:

> 摩诃庵外袖吟鞭,繁杏春开十里田。
> 曾与村翁旧相识,看花不费酒家钱。

花事东衰西盛,但承平之日,翰林风流,后先一致也。

朝阳门乃京城的重要运粮进京之门,故在瓮城门洞内左墙上,刻有谷穗一束,以此象征此门是进京重要粮道。旧俗,正月二十五日为填仓节。庆祝此节时,进粮车马陆陆续续从朝阳门进城。一为粮库补充新粮,朝阳门内往北就是元代最著名的粮仓。南新仓、旧太仓、宣新仓、兴平仓,皆在南小街一带。二是过完春节,百姓存粮无多,也需购粮糊口,名曰"填仓"。

朝阳门外有东岳庙,元延祐年间建,累朝岁时敕修,康熙、乾隆间修葺。查嗣瑮有诗曰:

> 阿哥尼后孰知名?活脱争传正奉精。
> 昔日黄冠今紫绶,莫将抟换等闲轻。

东直门

东直门,在朝阳门北。元时称光熙门,明时改称东直门至今。

元时，东直门内有海运仓、北新仓等粮仓，俱仓场侍郎管理。东直门内有慧照寺。明成化间，僧人庭佑得永宁伯谭氏故居，建慧照寺。尚有梁氏园，又叫英国公张园，后归武清李侯，曰万驸马曲水园。其园由仇鸾所造。仇鸾，字伯翔，明大将。结交严嵩父子，得重用，官至大将军，深得世宗信任。后又被皇帝罢官革职，自恚而死。曲水园归成公所有。此园后毁败，今已无考，仅有明薛蕙《宴英国公山亭即赐第》诗，记录了已成尘的曲水园：

> 东第君王赐，西园宾客来。
> 将军原好士，公子复怜才。
> 玉袖花间出，金尊竹下开。
> 还须明月上，莫畏夕阳催。

与美园相对照的是，历代东直一带均为京城最贫穷地区，美景与贫民窟，两个世界，天壤之别。

西直门

西直门，位于墙之西北。元为和义门，明永乐十九年（1421）重修，改为今名。

明弘治戊午夏，有一只熊闯入城门，守卫兵卒毫无防备，数人被熊伤之。钧阳马公批评道："野兽入城非宜，乞严武事，备盗贼。"他的同仁何孟春也说："熊之为兆,既当备盗,亦须慎火。"都对守备懈怠建言。果然,未几日,城内大火,礼部被焚。

这一小插曲,说明当时西直门外甚荒凉,有猛兽出没;也可见和平之时,守备城门的官兵,颇为散漫,不尽守城之职。

西直门内有崇元观,俗名"曹公观",为明时曹化淳建,门有阁,上书"三界圣境"四字。每岁初一至初十日为庙市。

西直门东有莲花庵,疏林朗樾,含吐余清。明于慎行有《莲花庵》诗:

> 禅宫遥倚北楼开,楼下平湖落照来。
> 金水环城全象汉,莲花涌寺宛成台。
> 诸香各捧空王座,一叶能浮太乙杯。
> 便是忘归归亦醉,夕阳清角莫相催。

昔日,朝阳门为运粮进城之门,而西直门是运水进城之门。京城井虽多,但甜井甚少,紫禁城要玉泉山之水,供大内饮食用,普通百姓也多有购玉泉之水者。凡为紫禁城运水的小毛驴御水车上,皆插一小黄旗,一路畅通。瓮城内洞中,有汉白玉水纹石雕一块,曰"西直水纹",与朝阳门之"谷穗石雕"相映成趣。

阜成门

阜成门，在京城西之南。元为平则门，明正统年间改今名。至今仍有呼俗称平则门者。崇祯甲申，河南道监察御史王章巡视京营，守阜成门。清大军入城，王章被俘，骂不绝口，遂被杀。清表彰其忠，赐谥"节愍"。

阜成门北，有白塔寺，辽寿隆年间建。元至元八年重修，明天顺年间改名妙应寺。元张翥《雷火焚故宫白塔》诗：

> 数声起蛰乍闻雷，骤落千山白雨来。
> 恐有怪龙遭雷取，未应佛塔被魔灾。
> 人传妖鸟生讹火，谁觅胡僧话劫灰？
> 岂复神灵有遗恨，冷烟残烬满荒台。

阜成门下，有月张园，明冉都尉别业。城门内有宣家园，为宣城伯卫公别业。园内多奇石，每石皆有名，曰隅虎，曰仁鹄，曰惊羽，曰奋距等，遍查资料，已无可考。此园后属焦鸿胪，称焦园。

阜成门内还有历代帝王庙。明嘉靖间，以保安寺故址建，祀历代帝王暨历代从祀名臣。乾隆二十九年（1764）修葺正殿，易盖黄瓦。

朝阳门以杏花闻名，阜成门多梅花，宣园除牡丹外，梅花亦盛。

此外，阜成门亦称"煤门"。门头沟之煤车，源源不断地从阜成门运进城里。瓮城置一汉白玉精雕梅花一束。"运煤"，有"倒霉"谐音，有不吉利之嫌，煤商图吉利，图财源广进，集资刻梅花于汉白玉之上，称"阜成梅花"。

如今，京城"九门"仅存正阳门、德胜门、安定门三门。

黄扉紫禁留风采
——紫禁星垣紫禁城

紫禁城,俗称皇宫。古人以紫微星垣比喻皇帝的居处,因称皇宫为"紫禁宫"。王维《敕赐百官樱桃》诗,"芙蓉阙下会千官,紫禁朱樱出上兰"。北京紫禁城是明清两朝皇帝居住理朝之地,是我国现存最大最完整的古建筑群。

"紫禁城在皇城中,南北各二百三十六丈二尺,东四各三百二丈九尺五寸。凡四门:南曰午门,北曰神武,东曰东华,西曰西华。四维皆有角楼。午门前接皇城之端门"。明永乐四年(1406)始建,十四年后基本建成,明成祖朱棣从江苏南京迁都北京居此。

紫禁城的建筑布局有外朝、内廷之分,其风格、气象迥异。外朝主要建筑以太和、中和、保和三殿为中心,武英、文华两殿为左右两翼,是皇帝举行大典、召见群臣、发号施令的场所。内廷由内中、内东、外东、内西、外西五路组成,是皇帝处理日常政务,后妃、皇子居住及奉神之地。内廷从乾清门始,在紫禁城中轴线上有乾清宫、文泰殿、坤宁宫及周边十二座院落。

紫禁城内，有不少趣闻：

明时，每逢大雪之后，即于京营内拨三千兵丁入皇宫扫雪，轮番出入，每年相同。亦有游闲少年，代充其役，以观看皇宫。

宫人有罪，罚提铃，每夜自乾清门至日精门、月华门，再返乾清门止。一路要高唱"天下太平"四字，声缓而长，与铃声相应。

在宫内选将军一职，置木架，高八尺，选者立其身与之齐，担五百斤在庭内走一圈为合格。

明正德年间，朝廷开设酒馆，酒望上云，"本店发卖四时荷花高酒"，就是南方人所称莲花白酒。酒店又有两匾："天下第一酒馆""四时应饥食店"。

正德年间，乐长臧贤"甚被宠遇"，给一品服色。相传教坊司门曾改方向，"形家"相之曰：此当出玉带数条。闻者笑之。未几，"上有所幸，伶儿入内不便，诏尽官之，使入为钟鼓司官，后皆赐玉"。清查嗣琜讽之曰：

粉子勾阑各擅长，承恩别院侍君王。

终怜不及伶儿宠，赐玉新来满教坊。

查嗣琜之兄查慎行，字初白，赵翼在诗论《瓯北诗话》卷十，专门有《查初白诗》一章，说："惟查初白才气开展，功力纯熟，鄙意欲以继诸贤之后，而闻者已掩口胡卢。不知诗有真本领，未可从荣古虐今之见，轻为訾议也。"早年黎民生活多见其诗，供奉内廷后，脱离现实。他的诗以白描见长，不尚藻丽，"得宋人之长而不染其弊"。

门阙森严、固若金汤的紫禁城，并挡不住历史狂风暴雨的涤荡。远的不说，崇祯十七年（1644）三月十九日，李自成破北京城，在紫禁城弯弓射箭，大明亡。清时，八国联军长驱直入紫禁城。大清灭亡，逊帝溥仪苟安于宫内。"小朝廷"虽不能发号施令了，可清朝的旧制陈规、穷奢极欲的生活方式并未改变。那些遗老遗少还是以得到溥仪的青睐为荣。有位翰林，竟把李白咏《上皇西巡南京歌》中的诗句"少帝长安开紫极，双悬日月照乾坤"，改成"少帝清宫开紫极，双悬日月照乾坤"，来博废帝的欢心。可见当时乱象。丁巳年（1917）六月十四日，张勋率三千辫子军占领北京，身着长袍马褂，头戴瓜皮锦帽，脑后拖着一根细长辫，躬身进宫，跪在溥仪面前请其复位的场景，当是无比滑稽可笑。七月三日，段祺瑞以拥护共和为名，在马厂誓师，讨伐张勋。

七月七日，鲁迅日记载："上午见飞机。"系指上午十时，段军航空队，向紫禁城投弹三枚。这是紫禁城从未经历过的"新鲜事儿"。万幸，辉煌宫阙并未受损。

民国十一年（1922），新文化运动的主将胡适应逊帝溥仪之邀走进了紫禁城，则是轰动朝野的新闻。与文化巨匠王国维、近代学者罗振玉在一九二四年应废帝所召入主南书房不同，胡适这位反对封建帝制的自由主义思想界、学界领袖入宫，舆论哗然，不足为怪。

胡适在十七日那天日记中写道："今天清室宣统帝打电话来，邀我明天去谈谈。我因为明天不得闲，改约阴历五月初二去看他。"为了了解宫中溥仪情况，胡适曾去拜会溥仪的老师英国苏格兰人庄士敦，其一九一七年夏来北京，做溥仪的英文师傅。为此，溥仪专门下了一道"圣谕"赏他"头品顶戴，毓庆宫行走，紫禁城赏乘二人肩舆"，月俸千元大洋，又赏"在紫禁城骑马"，算是给足了面子。庄士敦与胡适他们均是北京国际团体"文友会"的会员，彼此早就熟悉。胡适得知，十七岁的溥仪是不顾宫中内务府反对，直接打电话邀胡适进宫一晤的。

阴历五月初二，系阳历五月三十日。那天溥仪派一太监驱车到胡适家来接他。胡适在神武门下车后，进紫禁城，经春华门，入养心殿。见胡适到，身穿蓝袍子、玄色背心的溥仪站起身来，胡适行鞠躬礼，面容清秀但很单薄的逊帝点头微笑。双方落座，胡适称"皇上"，逊帝叫"先生"。

胡适见炕几上摆了不少当日的报刊，还有康白情的诗集《草儿》（胡适曾发表《评新诗集——康白情的〈草儿〉》）、亚东版的《西游记》。谈话时，逊帝还问起康白情、俞平伯的诗及《诗》杂志，还说近来他也试作了新诗。他说他很赞成胡适倡导的白话文。

他们也曾谈到溥仪出洋留学的事。溥仪说："我们做错了许多事……还要糜费民国许多钱，我心里很不安。我本想谋独立生活,故曾要办皇室财产清理处。但许多老辈的人反对我……"

胡适进紫禁城见逊帝,社会舆论沸沸扬扬,纷纷诋毁胡适怀恋旧王朝,敬仰废皇帝云云。

为了回敬种种诽谤,胡适在《努力》周刊上,发表了《宣统与胡适》:"清宫里的一位十七岁的少年,处的境地是很寂寞的,很可怜的。他在这寂寞之中,想寻一个比较也可算得是一个少年的人来谈谈:这也是人情上很平常的一件事。不料中国人脑筋里的帝王思想,还不曾洗刷干净。所以这一件本来很有人味儿的事,到了新闻记者的笔下,便成了一条怪诧的新闻了。"

更令人不解的是百年之后的今天,仍有人对此蜚短流长。但更多文化心态发生变化的读者,会对这"漫画化"的事件会心一笑。

当然,甘愿做前顺民,心向溥仪的有头有脸的文人还是有的。那个自称"布衣骄人",翻译了《巴黎茶花女遗事》等一百八十余种外国小说的林纾,就向溥仪讨得"烟云供养""贞不绝俗"的题字,进紫禁城谢恩时,九顿伏地,感激涕零。一个并未受到大清些许恩宠的文人,对覆灭的大清尚存如此忠心,让人看到人性的复杂,虽未拂衣高蹈,却不囿流俗,不丧其志,也让人唏嘘。

一九二四年四月,经庄士敦介绍,溥仪还在宫里接见了印度诗人泰戈尔和他的随行人员印度的鹤谷。同时到紫禁城接受溥仪接见的还有英国作家伊连赫尔、英国女记者戈林。高兴的逊帝在御花园设宴招待这一行外国名人。

午门内为紫禁城。古时北为子，南为午，午门处紫禁城中轴线之南故称之。午门又是皇帝每岁冬至颁布次年历书举行"颁朔"典礼的地方。正门三阙，上覆重楼九间，门前左设嘉量，右设日晷。左右各一阙，西向者曰左掖，东向者曰右掖。上覆钟鼓，明廊翼以两观，杰阁四耸，与中相辅，俗称五凤楼。

文武百官出入由左门，宗室行右门。左右掖门不常启，唯视朝百官，各以东西班次，由掖门而入。殿试贡士时，按名次单号由左入，双号由右入。

凡视朝，则鸣钟鼓于楼上。皇帝出入午门，鸣钟。祭享太庙则以鼓。如遇战争凯旋在此献俘，皇帝登楼行受俘礼。古时奏凯献俘首先要祭庙社，由午门去太庙及社稷坛最为便捷。此外，官员触犯刑律，龙颜大怒时，推至午门前广场受廷杖或斩首。

毛奇龄有《午门谢恩》诗：

> 嵯峨阊阖启双镮，帝阙遥看彩仗班。
> 伏地敢违阶咫尺，瞻天只在殿中间。
> 枫门剑佩朝方启，草野衣冠拜未娴。
> 但愧圣恩无可报，遥呼万寿指南山。

毛奇龄，康熙时授翰林院检讨，预修《明史》，批评朱熹，有独立见解，但此类台阁诗除了谀颂，毫无新意。

查鲁迅丁巳年二月五日日记，记有："午往中央公园，饭已赴午门阅屋宇，谓将作图书馆也，同行者部员共六人。"指午门将作图书馆事。

是年一月，教育部获准在故宫午门设置京师图书馆，在端门楼设置历史博物馆。故身为佥事的鲁迅前往察看。但后来京师图书馆未迁午门，仅在该处改建一小型图书馆；历史博物馆则于一九一八年始迁至午门前左右朝房。

丁巳年十月七日，秋高气爽，鲁迅同二弟周作人在"王府井街食饼饵已，游故宫殿并观文华殿所列书画，复游公园饮茗归"。

鲁迅至午门次数最多之时，是一九二〇年四月十七日至五月十七日，仅其日记记载计有十三天去午门。德国在欧战中战败后，上海德国商人俱乐部所藏德、俄、英、法、日等文书籍，由中国教育部作为战利品接收并堆放在午门楼上进行分类、整理。鲁迅参加了这项工作，负责审阅德、俄文书籍，故往于午门次数很多。鲁迅参与此项工作的另一收获是，从这批德文书中，选译了《工人绥惠略夫》一书。

一九二一年十月二十四日，鲁迅再次到午门，却为的是"索薪水"。其时，北洋政府因国库空虚，至本年十月底，所欠军政各费达一亿四千多万元，鲁迅所任职的教育部已欠薪五个月。鲁迅与部员起而索薪。昔日巍峨的午门前已荒草萋萋，一干着长衫的公务员，愤然集合讨薪，社会凋敝可见一斑，凡世事盛衰转换，概莫能外。

太和门，金銮殿南面的正门，是紫禁城内最大的宫门，也是外朝宫殿的正门。《宸垣识略》载，"太和门，九间三门，前后陛各三出，左右陛各一出。前列铜狮二。环以金水河，跨石梁五，即内金水桥。左右各一门，皆南向，左曰昭德，右曰贞度"。陛者，帝王宫殿之台阶。《国策·燕策》载："秦舞阳奉地图匣，以次进至陛下。"太和门建于明永乐十八年（1420），时称奉天。嘉靖四十一年（1562）改曰皇极门，清世祖福临改太和。太和门，汉白玉基座，梁枋等构件皆施以和玺彩绘，上覆垂檐歇山顶、黄琉璃瓦。门前除二狮外，又置四只明造铜鼎。

太和门广场两侧为廊庑，东西各三十二间，并有协和、熙和两门，东西相对。东庑中为体仁阁，西庑中为弘义阁。两庑为内府银、皮、缎、衣、瓷、茶六库。明时，东庑设实录馆、玉牒馆和起居注馆。清时改为稽察钦奉上谕事件处和内诰敕房。西庑明时为编修《大明会典》的会典馆，清时改为书房和起居注馆。

朱彝尊《元日赐宴太和门》诗：

> 垂衣逢盛际，辑玉尽来庭。
> 白酝三光酒，青归一叶蓂。
> 新年恩较渥，昨日醉初醒。
> 九奏钧天曲，风飘次第听。

朱彝尊为康熙年翰林院检讨，日讲起居注，入值南书房，预修《明史》，备受宠遇，又常在太和门南书房当职。其词以姜夔、张炎为宗，多在声律字句上下功夫。咏物怀古，皆有所寄托。字琢句练，精工隽永，艺术上不能忽视。但博学多才、工于诗词的他，赴太和门之皇宴，感激涕零，以致诗中只有千恩万谢皇恩浩荡了。这类诗颂圣感恩，难以寄寓什么深刻的东西，也不易注入个人真实情感，玩玩诗之艺术技巧而已。

神武门，为紫禁城北门，外为北池子，过桥为北上门，达景山。

神武门见证了崇祯帝携子哭啼逃至景山，绝望地吊死于槐树上。历史常常重复同一种悲剧。二百五十年后，大清王朝重演了大明的苦戏。光绪二十六年七月二十一日那个闷热的清晨，八国联军轻而易举地攻占了北京，慈禧携光绪从神武门仓皇出逃，开始一年零四个月的流亡生涯。据《晚清宫廷生活见闻》载，慈禧侄外孙岳超回忆："庚子年七月二十一日上午五时许，余照例肩荷英国制十三响快抢，与其他扈从二十余人随护桂祥上朝；至神武门时甫六时，即见……慈禧……等自宫内徒步走来。"然后"乘朱轮紫韁之大鞍骡车"出神武门，"跻跻跄跄"上路。

两宫"弃国潜逃"，离大清的覆灭不远矣。

一九二二年溥仪大婚之后，每天下午，神武门内便添了两乘二人肩舆。一乘是美国人美以美会一个牧师的女儿盈女士所坐，她是教溥仪之妻学英文的。另一乘，是另一位教溥仪之妾英文的美国人享用的。溥仪妻妾看似对学英文很热情，实则是对外国人的生活方式感兴趣。

贞度门，居太和门之西，西接崇楼，北与弘义阁相邻。明时称宣治门，洪熙皇帝曾在此听政。清时，为臣工上朝常出入之门。贞度门位置重要，为皇帝御门听证、举行盛典之场所。此外，贞度门四周为缎库、甲库、银库、皮库、瓷库、茶库等，为宫禁重地，警戒甚为严密，日夜有官兵戍守巡视。

光绪十四年（1888）十二月十五日，临近春节，那夜寒风呼啸，大雪飘飞，突然紫禁城城内火光冲天，贞度门成为一片火海。宫中倾巢出动"共七千余人"，包括光绪的老师翁同龢在内，奋力救火。后翁同龢在其日记中记载，"昨夜大风，五更止……仆猝呼余起，曰'大内火'，又曰'贞珠门'。急起，饭而登车驱入"。接下来记述，"踏雪难行，至则门罩三间已落架，墙柱尚燃"，太监们凿金水桥下冰取水，但一尺厚冰下，水仅数寸。眼见大火继续吞噬茶库，向东又焚毁昭德门。大火烧了两天，使贞度门、太和门、昭德门及附近库房多化为灰烬。损失之大难以估价。至今，仍无法确定失火原因。

贞度门失火之时，宫内正紧锣密鼓地筹办光绪大婚，拟于一个月后的正月二十七日举行大婚典礼。为此，朝廷决定由扎彩工匠在火场搭建一座彩棚，遮盖颓垣断壁。据《清宫述闻》记载，彩棚与太和门的"高卑广狭无少差至，檩桷之花、鸱吻之雕镂、瓦沟之广狭，无不克肖，虽久执事内廷者，不能辨其真伪。而且高逾十丈，凛冽之风不少动摇"。但这纸糊的足可以假乱真的太和门彩棚，岂能包住宫中根深蒂固的种种弊端！

重建的贞度门，已不是以前的楠木，"柁檩金柱需用大木之处，一律改用黄松"，尽管降低标准，其重建仍用了二十三万五千余两雪花银。

贞度门见证了清王朝的由兴而衰。

太和殿，俗称金銮殿。《两京记》载，唐代大明宫中有金銮殿，后统称皇帝上朝之地为金銮殿。太和殿位于紫禁城中轴线最显要之位。明永乐十八年建，称奉天殿，嘉靖时改称皇极殿。清顺治二年（1645）改称太和殿。该殿曾屡遭火灾，多次重建。今所见为康熙三十四年（1695）重建之形制，建筑规制之宏伟、装饰之精妙，为中国古代建筑之最。基高二丈，殿高十一丈，广十一间，纵五间，上为重檐脊四垂。清时御题额"建极绥猷"。殿前丹陛，环以汉白玉石栏。陛五出，各三成。陛间共列鼎十八，铜龟、铜鹤各二，另有日晷、嘉量各一。

每岁元旦、冬至、万寿三大节，及国家大庆典，则御殿受贺。凡皇帝登基即位、大婚、册立皇后以及大朝会、燕飨、临轩策士及百官谢恩，皇帝都亲临此殿。丹墀内为文武群臣行礼位，从一品至九品，东西各二行，每行十八人，列于御道旁。

殿内设施典雅豪华，檐斗密集，梁枋饰以和玺彩绘，门窗饰以浮雕云龙图案，凡接榫处有镌刻龙纹之鎏金铜叶，金砖铺地。明间设宝座，两侧列六根沥粉贴金云龙巨柱。雕有九龙的楠木金銮宝座前有宝象、甪端、仙鹤和香亭。宝座上方天花正中有形若伞盖藻井，不仅倒悬"轩辕镜"，且有蟠龙卧其上，龙头下探，口衔一枚宝珠，造型极为威严生动。

施闰章有《元旦拟早朝》诗：

> 丹阙晨开敞御筵，朝元会好傍炉烟。
> 春回晓日螭廷暖，风细卿云凤阁悬。
> 宵旰勤思荒服外，衣冠拜舞圣人前。
> 称觞进璧浑闲事，共拟南征奏凯篇。

施闰章，顺治六年（1649）进士，康熙时授翰林侍讲侍读，博览群书，善诗赋。诗温柔敦厚，辞句清丽，写景抒情，有王（维）韦（应物）遗风。此诗记元旦早朝的场面、气氛：炉烟袅袅，衣冠拜舞，共奏凯旋之朗朗声……让我们浮想联翩。

明朱祁镇在太和殿两次登基做皇帝。正统十四年（1449），与瓦剌交战，率师亲征的朱祁镇被瓦剌俘虏，于谦扶朱祁镇弟朱祁钰为帝，改年号为景泰。次年，朱祁镇被放回京，于景泰八年（1457）发动政变，复位后改年号为天顺。

金銮殿，乃神圣宝地，但丑恶之事，常在此发生。如清同治皇帝大婚之后，不以国家为重，疏于朝政，常纵情声色之乐。恭亲王之子澂贝勒，乃纨绔之徒，与同治混在一起，常引导皇帝破坏祖制，偷偷出宫，宿于烟花柳巷。御前总管太监刘德山看在眼里，便多次在太和殿劝谏，开始皇帝还听劝，后来就烦了。一日，刘德山在太和殿见皇帝又与澂贝勒欲出宫狎妓，便跪在地上一边磕头一边哭劝，进而拽住皇帝的衣襟，不让他离开太和殿。同治恼羞成怒，命太监在太和殿重重责打了刘德山一顿。但刘德山却是屡打屡谏，最终，同治在各方约束下，不能再私自出宫鬼混了。同治一生无大作为，患性病而死，比起这等昏庸皇帝，卑微的太监却能明事理、识大体，恪守职责，让人敬重。

清末代皇帝溥仪，三岁在太和殿由其父摄政王载沣抱着坐上金銮宝座登基。溥仪吓得啼哭，闹着要回家。四年后的一九一三年二月二十二日，大清最后一位太后隆裕太后去世。这是位不幸的可怜的太后，经她之手葬送了大清王朝，是她同意皇帝溥仪退位；但这使中国结束了几千年的帝制，开启了共和时代，这应该也是隆裕太后的荣光。在张勋的力主下，袁世凯在太和殿为隆裕举行了类似国葬的国民哀悼大会。

大会由临时参议院议长、著名反清斗士吴景濂主持；仅此，便颇有反讽意味。袁亲戴黑纱，神情哀痛。第二天，袁氏又举行了全国陆军哀悼大会。大会由陆军部长段祺瑞主持。先是诵由段的文胆徐树铮撰写的祭文，铿锵而华丽。几千兵勇，袖戴黑纱，庄严肃穆。而就在前几天，赵秉钧等还在皇宫威逼，北洋千名持洋枪大兵在宫外施压——一个无兵可用、重病在身的太后，岂敢不交出大清的江山社稷？袁世凯的这出滑稽戏，演得未免蹩脚丑陋。接着窃国大盗袁世凯又在此身着龙袍上演自称"洪宪"皇帝的闹剧，何其毒也。

中和殿与太和殿、保和殿，被称为紫禁城外朝三大殿，中和殿位于太和、保和之间。明时称华盖殿，嘉靖年间毁于大火，重修后改为中极殿。清顺治进京入主紫禁城后改称中和殿。世祖福临，通汉学，取《礼记·中庸》"中也者，天下之本也；和也者，天下之道也"之意，取其名。

殿纵广各三间，方檐圆顶。御题额曰"允执厥中"。"凡祭祀视祝版及耕耤视五谷农器于此。玉牒告成，恭进于中和殿。"

明清两朝，太和殿举行大典前，皇帝在中和殿休息，并接执事官员之朝拜。皇帝亲祭天、地坛前一天，在中和殿审阅祝文。祭先农坛举行亲耕仪式前，皇帝在此查验种子、农具。皇太后上徽号，皇帝在此阅视奏书。

明世宗朱厚熜当政期间，奸臣严嵩就是在中和殿献上了一首阿谀皇帝之诗，取得嘉靖皇帝的欢心，由翰林院侍读擢升国子监祭酒。嘉靖七年（1528），又赋七言律诗颂扬嘉靖皇帝，皇帝大喜，升其为礼部右侍郎，又升左侍郎。不久，特命严嵩立碑，他又撰《豳风七月诗讲章》再度献媚，于嘉靖十二年（1533）六月升为南京吏部尚书。六年后再献《庆云赋》……于是，严嵩青云直上，大权独揽。他的步步高升，与中和殿献诗大有干系。中和殿是他的福地。

保和殿，位于中和殿后，明永乐年间初建时，名谨身殿。嘉靖时遭火焚毁，重修后改为建极殿。清顺治时改称保和殿。"保和殿，九间，重檐垂脊。御题额曰皇建有极。前陛各三出，与太和殿丹陛相属。"顶覆以黄色琉璃瓦，上下檐角均安放九个小兽。

　　保和殿后面的御路"云龙阶石"，是皇宫紫禁城内最大最精美的石雕。在一块巨大且厚的汉白玉巨石上，精雕细琢九条生动腾飞巨龙，出没于海水与流云之间，石雕四周刻有卷草纹图案。整个"云龙阶石"构图严谨壮观，形象生动，雕饰精美，具有极高的艺术价值，既为紫禁城内一大景观，又为石雕艺术之瑰宝。"云龙阶石"系明代遗物，乾隆年间重新加工，成现状。《北京文物报》说，乾隆年间新雕后，清内务府的档案中有详细记载：长16.57米，宽3.07米，厚1.7米。据载其精雕后重量为200吨，粗雕后为239吨。石为艾叶青石，产自房山大石窝村。巨石靠一里挖一井，冬季泼水成冰，用千余骡马拉动，一步步运到故宫，再请工匠雕刻而成。至今约570年历史。

　　"每岁除夕筵宴外藩，每科朝考新进士，皆御焉。凡列祖宝训、实录告成，备仪仗陈设，纂修官恭进于此。"《宸垣识略》之所载，系清代规矩。明时大典前，皇帝常常在此更衣。清时每岁终，宗人府、吏部在此殿填写宗室满、蒙、汉军以及各省汉官外藩世职黄册。顺治三年（1646）至十三年（1656），顺治帝福临居保和殿十年，故时称保和殿为"位育宫"，福临在此举行大婚。康熙即位后，也在此居八年，时称"清宁宫"。

　　朱彝尊作《除日保和殿侍宴》诗，颂圣和感恩，难有真实情感；但其所渲染的端肃恭敬之气氛，还是让人有如临现场之感。

　　　　佩结绯鱼后，樽开白兽先。

> 呈能勾乐队，密坐润炉烟。
>
> 紫路频除夕，青灯异往年。
>
> 谁当颂椒会，犹侍圣人前。

保和殿东回廊，今为钟表馆，西廊为绘画馆。

文华殿，在协和门东南，与武英殿东西对称，文华殿建成之初是皇帝常常去的便殿。明朝天顺、成化年间，太子践祚前，先摄政于文华殿。李自成破京，曾在文华殿召见京师耆老，询问民间疾苦。之后，文华殿建筑群几被毁尽。康熙二十二年（1683）重建。文华殿"崇阶九级，前为门三间，后为主敬殿。每岁二月，御经筵于此。"明清两朝，文华殿也是殿试阅卷之处。到民国初年，文华殿演变为古物陈列所，陈列各朝各代名人书画册页卷轴等。

陈廷敬《讲筵纪事》诗：

> 崇政经帷秘，延英玉阶高。
>
> 声容肃中禁，宠渥厚词曹。
>
> 天语开黄卷，乾文上彩毫。
>
> 万言亲讲诵，或恐圣躬劳。

陈廷敬，顺治进士，康熙十四年（1675）擢内阁学士，兼礼部侍郎，又三年，入值南书房。有《三礼指要》《午亭文编》等著作。曾受命修辑《明史》，任总裁官。其诗平庸。此诗记皇帝讲筵的场景，其声容似可窥视。皇帝除到国子监讲学外，怕仅有讲筵了。

内廷从进乾清门开始，在中轴线上有乾清宫、交泰殿、坤宁宫及西六宫（永寿、咸福、翊坤、长春、储秀、太极）、东六宫（景仁、承乾、钟粹、延禧、永和、景阳）十二座建筑群落。内廷，又是"太监世界"。即便当年溥仪已成逊帝，侍候他的太监仍有八九百人之多。仅养心殿一处，就有一百余名太监照料溥仪的日常生活。内廷是皇家的天堂、太监的地狱，太监如草芥一般在宫里毫无尊严地生灭。

乾清门，为紫禁城内廷的正宫门。五楹，中三门，前陛三出，各九级，中为御路石级，陛前列铜鎏金狮一对。十个巨型镏金铜缸置于侧，每缸二百斤，可贮水四百斤，备防火之需。

史载，"凡御门听政于此"。左旁为内左门，右旁为内右门。墀下东出者为景运门，西对称者为隆宗门，皆五楹，内左门之东，内右门之西，周庐各十二楹。东为文武大臣奏事待漏之所，西为侍卫房及内务府、军机处直舍。对面，为宗室王公等待召见之所。凡军机处、南书房、上书房等官吏，皆由右门出入，而宗室王公由左门出入。

乾清门清时又兼作处理政务之所，"御门听政"、斋戒、请宝接宝等典礼仪式，多到此处举行。

自清始，皇帝听政常常在乾清宫。如驻跸颐和园，在仁寿殿议事；在圆明园则在广渠门内的澹宁居前殿听政。

清代御门听政，因帝王更迭或时政不同，定日举行外，多数皇帝三五日一次；每天都上朝听政者，只有康熙。

清代，听政前，先由各部院呈奏折，由皇帝批阅，未批阅者，皇帝在上朝时，听各部院奏明情况，当面下旨决断。

听政日之晨，乾清门首领太监率众事先在乾清门正中设宝座，宝座前置黄案，后摆屏风。黄案前铺好上奏大臣跪拜用的毡垫。天色将晓，太监侍卫分列乾清门两侧，领侍卫内大臣及豹尾班执枪侍卫、佩刀侍卫，分左右立于丹陛之下，威武而森严。

滴漏未尽之刻，各部院奏事大臣及陪奏官员，则集于朝房，然后入中左门候驾。皇帝听政，有一定之规，冬春时节在辰正初刻，夏秋则在辰初初刻。侍卫进奏得旨后，百官方可按顺序进至乾清门，在丹墀东西两侧立。皇帝出寝宫乘舆至乾清门，下舆入宝座。记注官也随即由西阶走上来至西柱下，向东而立。

先由尚书一人奉本匣，由东阶上至黄案前跪下，将匣置于案上，原路归班，再跪奏所奏之件，再回原位。然后各部院按尚书之法，依序而奏。百官奏毕，满内阁学士一人奉折本函匣由东阶至黄案前跪下，大学士、内阁学士依序登阶而跪。此刻，记注官走至宝座右边，依旧面东而立。然后满内阁学士将函匣开启，取出折本，依序朗声奏闻。每奏一事后，皇帝即降一旨。奏者当即承旨。

退朝时，皇帝乘舆回宫，百官再依次由东西台阶退下，按原路出宫而去。

有特殊情况，如出征或因病不能临朝的官吏，要事先奏报，得到准许之后，方可免朝。如迟到或无故不到御门听政者，罚俸六个月至二年。如道光二十六年（1846）十二月十日，道光传旨御门听政，吏部尚书恩桂、协办大学士吏部尚书陈官俊以及吏部左侍郎惠丰、季芝昌等一干官吏都迟到误班。道光龙颜大怒，下旨将迟到与未到的二十名官员严加处分，凡失职者，罚二年或四年俸禄。

施闰章《召见乾清门》诗：

> 入直长趋丹凤楼，忽惊咫尺觐宸旒。
> 未遮宫扇瞻天近，不散卿云绕日浮。
> 帝德难名深气象，主恩蓄意待咨诹。
> 心怀董贾才何有，奏对谁当第一流。

证实乾清门"御门听政"之说。

乾清宫在乾清门内，建于永乐十八年，一直没改过宫名。从永乐十九年正月初一正式启用，到康熙六十一年（1722）康熙帝宾天，明清三百年，十六位皇帝以乾清宫作为正宫。雍正帝登极后，搬进养心殿理政，但乾清宫作为皇帝正宫的地位却一直没有改变。明、清两朝，乾清宫曾多次毁于大火，多次重建。现乾清宫为清嘉庆三年（1798）所建。广九楹、深五楹，为黄琉璃瓦重檐庑殿顶,其殿基为单层汉白玉。高六丈余,檐角置脊兽九。殿内设宝座,座上有顺治书额"正大光明"。地铺金砖。殿前有铜龟、铜鹤、日晷、嘉量,左右分列,又有鎏金香炉四,出丹陛,有高台甬道与乾清门相接。

乾清宫金碧辉煌,其建筑规模为内廷之首,明朝时为皇帝的寝宫,自永乐帝朱棣始,至崇祯,先后有十四位皇帝居住于此宫。乾清宫经历了明嘉靖间的"壬寅宫变"、万历间的"红丸奇案"。嘉靖二十一年(1542),有十几位宫女因常受嘉靖的责罚和蹂躏,忍无可忍,于是密谋于乾清宫,拟暗杀嘉靖。十月二十一日凌晨,众宫女趁皇帝不备,用黄绫勒住其颈,几乎将其勒死,后皇帝被救活,将参与暗杀的宫女全部凌迟处死。史称"壬寅宫变"。自此,嘉靖每到乾清宫,总是战战兢兢;后来搬出乾清宫,改住他地。

一六二〇年,明朝皇帝朱翊钧死后,刚刚继位的光宗朱常洛,尚不足一个月,便于泰昌元年(1620)暴死,成为大明皇帝中最短命的一个。《明史》上说,光宗之死,与万历帝的宠妃郑贵妃有关。万历帝死后,为保住在后宫的权势,郑贵妃进美女讨好光宗;后又偷偷命人向光宗奉仙丹红丸,致使光宗大泄不止,身体崩溃,导致暴毙,史称"红丸案"。之前,光宗妃子李选侍争做皇后而移居仁寿殿的"移宫案"也发生在乾清宫。乾清宫,见证了宫闱的血腥斗争。

清康熙帝移居养心殿后,乾清宫便成为皇帝批阅奏章、召见臣工、处理政务、接见外藩属国来使、举行宫宴等活动的重要场所。此外，雍正元年（1723）雍正在此下诏，密建皇储匣，存"正大光明"匾后，以避免今后为争皇位骨肉相残。"正大光明"不见于"十三经"，先秦典籍中也无。"正大"，见于《易·壮·彖》，"光明"出自《易·履·彖》。"正大光明"一词，应是哲学、政治、道德与法律共同知行的准则。此匾额为清顺治皇帝福临所书，书法雄厚、稳健，气象正大；康熙摹勒于石，原迹现存北京故宫博物院。题写此匾额，乃顺治帝为自勉，也为勉励子孙和臣工，要好好从政为官。后作为祖训流传清室。为缓和皇储争夺帝位的矛盾，自康熙始，采取秘密建储的办法。即皇帝生前秘密写出所选皇帝继承人的文书，一式两份，一份存于皇帝手中，一份封在"建储匣"内，置于"正大光明"匾的背后。皇帝死后取下"建储匣"，核实无误后，宣布新帝登基。因"建储匣"为暗箱操作，弊病不少，故道光后不再延用。

《宸垣识略》记录了康熙五十年（1711）、乾隆五十年（1785）两度在乾清宫举办千叟宴的盛况：

> 康熙五十年，特恩开千叟宴，自王大臣以至士庶，年六十以上者，皆预。是日于乾清宫丹墀设幕，与宴凡若干人。诸皇子、皇孙周行视膳，以致优渥。宴毕，各颁赉有差。乾隆五十年，皇上复举行旷典，与宴人数，视昔加倍。年九十者，召至御前侍食。天颜和煦，恩赉优隆，一时杖朝而出，感颂皇仁，欢腾闾巷。

乾隆四十八年（1783），还曾在乾清宫专门赐宴宗室，也很壮观。如朱彝尊有《十三日乾清宫赐宴》诗：

> 诏许宫门入，人随陛戟移。
> 江梅低压帽，火树密交枝。
> 既醉盈觞酒，无疆万寿诗。
> 梦游真不到，今夕奉恩私。

同治帝得花柳病后，一直在乾清宫养病，他自知时日无多，欲密立遗诏，安排后事。他命启蒙老师、军机大臣李鸿章入殿。其遗诏决定由贝勒载澍入宫继承帝位。为防备慈禧干预，他嘱咐李鸿章当做得十分机密。不料李出殿即去求见慈禧，以密遗诏示之。慈禧看罢，怒不可遏，撕成碎片，丢在地上；接着下令断绝亲儿子同治的医药和饮食，不许任何人进乾清宫，直到他快死时，才将他移于养心殿。

慈禧，咸丰元年（1851）入宫，后封懿贵人，咸丰六年（1856）生载淳（同治帝）而晋懿贵妃。咸丰登基时，大清国势日衰，内忧外患。咸丰十年（1860），英法联军兵临紫禁城下，咸丰亡命热河。其治国无能却荒淫无度，以至三十二岁便撒手西归，只留下六岁的载淳和二十六岁的慈禧。孰料，慈禧以少有的谋略、胆识，挑起了风雨飘摇的大清王朝。她联合皇后、恭亲王发动政变，除掉八位辅政顾命大臣，垂帘听政，手握权柄，横行紫禁城五十年，同治、光绪两个皇帝皆为她手中的傀儡。

她每天凌晨三时即从居住的储秀宫起床，收拾完毕，戴上凤冠，缀上珠宝，插上宫花，乘上一顶小轿前往乾清宫或养心殿，指点百官，治理江山社稷，乐此不疲。

作为统治者，她是大清王朝历史悲剧的罪魁祸首；作为女人，她又何尝不是政治悲剧的受害者？

一九二二年十二月一日，逊位的皇帝溥仪，在乾清宫举行大婚。上至大总统，下至各地军阀、北洋要员、下野的政客、各国驻京使节，或送厚礼，或亲临现场。迎娶用的是全副卤簿仪仗，二千余人，在八名御前侍卫手持藏香的引导下，经东华门，浩浩荡荡迎到乾清宫。婚礼场面之大、花费之巨，轰动京城。宫里，演了三天大戏，京沪梅兰芳、陈德霖、尚小云、余叔岩、马连良等名角轮番登场。仅此一项，就花去银两三万多。一个下台的逊帝，仍如此奢侈铺张，岂不咄咄怪事！

养心殿在乾清宫西，系太和殿外紫禁城中最重要的宫殿。文献载："为皇上宵旰寝兴之所，召对引见，视乾清宫。"清有八位皇帝先后居于养心殿。顺治帝病死于此。

养心殿内设宝座，上悬雍正书"中正仁和"匾。东暖阁有随安室，亦特设宝座，曾为慈禧、慈安两太后垂帘听政处。西暖阁分隔为数室，有无倦斋、长春书屋，有皇帝处理政务的"勤政亲贤"室，还有三希堂。三希堂为收藏大书法家三王墨宝之地。沈德潜有《奉敕恭赋三希堂歌》：

江左风流数王氏，司徒以后多闻人。
羲献父子树清节，法护文学超常伦。
勋名一代著史册，翰墨千载留精神。
快雪时晴洵书圣，中秋姿媚中藏筋。
伯远一帖推后劲，道逸自足追前尘。
东晋至今十六代，离合聚散同烟云。
太清楼空几泯灭，秋壑堂废疑沉沦。
至宝阅世永不坏，鬼神呵护留乾坤。
从来法物聚所好，归诸秘府罗纷陈。
圣皇勤政得清暇，披玩卷轴时讨论。
一字品题物逾重，图球并作天家珍。
三希名堂世稀有，何啻朱凤兼白麟！
……

此歌尚有二十句，皆奉承皇上之词，省去；已录部分高度评价书法三圣王羲之、王献之、王珣的书法成就。以诗论书法，此为最佳。

沈德潜，乾隆进士，任编修、内阁学士、礼部侍郎。早年以论诗、选诗而闻名，曾为乾隆校《御制诗集》，深受恩宠。他历来主张作诗应符合封建理学，为乾隆以来拟古主义诗派的代表。其诗为典型台阁体，古板，无情趣。但其所选《唐诗别裁》《古诗源》，着重辨析源流，指陈各家长短得失，是研究古诗发展的重要著作。其后，因牵涉文字狱，被剖棺戮尸，全家治罪。悲矣,伴君如伴虎也。

养心殿后五间,是皇帝的寝宫。东五间耳房为皇后随居之所,西五间耳房供贵妃等居住。

张英《元日养心殿侍宴》诗:

> 暖日和风漾凤城,履端清讌在承明。
> 楼前晴雪消金掌,玑上春星转玉衡。
> 三殿班联同恺乐,万方歌舞祝升平。
> 欣沾元日恩晖早,听奏钧天第一声。

但是,歌舞升平的背后,充满了阴谋与杀机。慈禧在此"垂帘听政",玩弄权术,控制朝政,策划镇压太平天国运动,破坏康梁变法;宣统在此被迫退位;张勋在养心殿还闹过复辟丑剧……

《啸亭杂录》中载《癸酉之变》,反映宫闱斗争之一角。文中说,有一人"由门外诸廊房得逾墙窥大内,皇次子立养心殿阶下,以鸟枪击毙二贼,贝勒绵志亦趋入,随皇次子捕贼"。这皇次子就是旻宁,即后来登基的宣宗道光皇帝。因旻宁处理宫中惊变有功,嘉庆皇帝褒奖他"有胆有识,忠孝兼备",并封他为智亲王。

宫内为争皇位,斗得你死我活,道光登基,也多周折。《清史稿·禧恩传》记有嘉庆帝猝死后"禧恩以内廷扈从,建议宣宗有定乱勋,当继位。枢臣托津、戴均元等犹豫,禧恩抗论,众不能夺。会得秘匮朱谕,乃偕诸臣奉宣宗即位"。

宫闱多血腥也多龌龊,养心殿自也难免。同治帝,六岁即皇位,同治十二年(1873)亲政。亲政后重修圆明园而闹出风波,大权旁落。次年,因常出宫入烟花柳巷,得了花柳病;加之药不对症,同治十三年(1874)十二月初五,全身溃烂,死于养心殿东暖阁,时年十九岁。慈禧下令对外称同治帝死于天花,掩世人耳目;但百姓心如明镜,时民谣曰:"不爱家鸡爱野鹜,可怜天子出天花。"

慈宁宫,位于内廷外西路隆宗门西侧,建于明嘉靖十五年(1536)。慈宁宫前为慈宁门,前列金狮二,内为正殿,有御书"宝篆骈禧"。殿前有东西庑。后殿供佛像,有康熙书额"四星容华"。慈宁宫有花园,池上有临溪亭。

二○一五年,慈宁宫对游人开放,变身为雕塑馆,中有一四吨重的巨大的一佛二菩萨石雕。其像低眉垂目,慈悲安详,为一块白大理石雕成。此佛像为北齐时所雕,由二十世纪三四十年代一位民间收藏家所购。

慈宁花园,为紫禁城内四座花园之一,另三座为御花园、建福宫花园和乾隆花园,皆宁静肃穆、深邃优雅。慈宁花园东院,正进行考古发掘,已发现清代中期砖铺地面、建筑材料及施工坑及明代后期砖石混建排水沟、砖铺地面和明代早期大型建筑基址等重要遗迹。

明朝时,慈宁宫为前朝皇贵妃居所。顺治十年(1653),孝庄文皇后始居慈宁宫，后成为太皇太后、皇太后及太妃嫔们起居休闲之处。康熙祖母孝庄文太皇太后，在慈宁宫策划，帮助儿子顺治战胜多尔衮顺利执政，又扶孙子康熙登基为帝、智擒鳌拜、平息三藩叛乱，其对大清政局的稳定起到重要作用，故在清史享有盛誉。乾隆的生母钮祜禄氏，在乾隆登基时，被尊为崇庆皇太后，移居慈宁宫。钮祜禄氏出身不够显赫，却通情达理、朴实健康，与乾隆甚是融洽，乾隆也十分体恤、孝顺其母。怕其母在深宫寂寞，有时陪太后住慈宁宫，并将畅春园作为皇太后园。乾隆的不少诗作中，常有孝敬母亲的情感流露。

一九二四年，直奉战争爆发，溥仪"小朝廷"之端康太妃刚花了不少钱过完生日，京戏和相声热闹之后不久，便突然乐极生悲，一命呜呼。在喇嘛的诵经声中，其灵柩被移到慈宁宫。又过不久，冯玉祥回京，一声令下，由鹿钟麟率部包围皇宫，将"小朝廷"驱逐出紫禁城，宣告结束封建王朝的残余统治。

寿康宫，在慈宁宫西，有乾隆御书"慈寿凝禧"匾，面阔五间、进深三间，黄琉璃瓦歇山顶。乾隆元年（1736）建成，为乾隆生母崇庆皇太后颐养起居之所。后殿是皇太后寝宫，西侧是皇太后休息场所。后殿再往北，可达北围房，乾隆三十四年（1769）于此添建戏台，现已无存。乾隆之后，寿康宫成为清太皇太后、皇太后居所，太妃、太嫔也随居于此。清制，皇帝每隔两三日到此行礼问安。

寿安宫，在寿康宫北，明时建。正殿额有御书"长乐春晖"。"殿前延楼，左右相属，中为崇台三层，殿后庭中，叠石为山，室三楹，东曰福宜斋，西曰萱寿堂。"现为故宫图书馆。

清道光皇帝，执政三十年，内政腐败，对外丧权辱国，并无政绩可表，但他却是个节俭、讲孝道的人。母亲生日那天，他在寿安宫登台唱《老莱娱亲》，以寿其母。他身着彩衣扮演戏中老莱子，手摇拨浪鼓，学顽童跳舞，唱小儿歌，以博母亲一笑。

咸丰初，被尊封为康慈皇贵太妃的静贵妃，也曾居住寿安宫。《清史稿·后妃传》载，康慈死后，"上谥，曰孝静康慈弼天辅圣皇后"。她的儿子恭亲王奕䜣，在咸丰执政时，一直不受重用，而后与慈禧勾结，才有崭露头角的机会，只不过都不光彩。

奉先殿，在内廷东侧，前后殿各七间，中奉列圣、列后神龛。"凡国家大典礼及乘舆出入，则有告；岁时节序朔望，则有荐；忌辰有祭。日三献如事生礼。其礼仪供献，内务府掌之。"可见，奉先殿为皇室祭祀祖先之家庙。

交泰殿，在乾清宫后，是内廷后三宫之一。建于明嘉靖年间，后焚于火，清嘉庆年间重建。"藏御用宝玺于此，凡二十有五"。殿顶为黄琉璃瓦，内顶为盘龙衔珠藻井，地墁金砖。宝座之上，悬康熙书"无为"匾。座后有一板屏，其上书有乾隆《交泰殿铭》。东有铜壶滴漏，西设大自鸣钟。宫内时间，以大鸣钟为准。此宫也为皇后千秋节时受贺礼之所。

交泰殿之"铜壶滴漏",即古代计时仪器,贵为国宝。"铜壶滴漏"由五个水壶构成,古称"漏刻""漏壶"或"刻漏"。《周礼·夏官》上已记有设官以管理漏壶,说明奴隶社会的周代已用漏壶计时了。古代漏壶有两种,单壶和复壶。后从陕西、河北出土的文物中,已现单壶,估计是西汉时使用的计时工具。元延祐年间的漏壶,是四只铜壶由上而下叠置,交泰之"铜壶滴漏"亦是"复壶"。

"铜壶滴漏",早在唐人温庭筠的《鸡鸣埭歌》中就有"铜壶漏断梦初觉,宝马尘高人未知"一语;宋人陈德武《白雪遗音·马头调·好梦儿》词中,亦有"静听得铜壶滴漏,夜月微残"一句。更为凑巧的是,在翊坤宫,有杜甫《奉和贾至舍人早朝大明宫》一诗的贴落,有曰:"五更漏声催晓箭"。唐肃宗至德二年(757)秋,郭子仪率唐军大败安史乱军,收复长安。杜甫时任左拾遗,同朝为官的诗人有王维、贾至、岑参等。他们回长安后,相互以诗唱和,庆祝唐室中兴。贾至写《早朝大明宫呈两省僚友》,于是杜甫和之。

清朝,每年正月,由钦天监择吉日吉时,在此设案,开封诸宝玺,皇帝来此焚香行礼。

为告诫内宫恪守宫规,清世祖顺治在交泰殿立"内宫不许干预政事"铁牌。但具有讽刺意味的是,宫中残酷的争权夺利的斗争,非但没有停止,反而愈演愈烈,直到皇制寿终正寝。

坤宁宫,也是内廷后三宫之一,在交泰殿之后,为明朝皇后之寝宫，屡遭火毁。清世祖顺治十二年（1655），仿沈阳清宁宫重建。广九楹，进三间，黄琉璃瓦重檐庑殿顶。建成后，改为萨满教祭神之所。康熙四年（1665），玄烨大婚，太皇太后指定在此殿举行大婚合卺礼。之后，同治、光绪、宣统三帝也在坤宁宫大婚。咸丰六年春，咸丰皇帝在当时的懿嫔，后来的慈禧处住了多日，不理朝政。当时的皇后、后来的慈安头顶大清祖训，在寝宫外跪地，命人请皇帝听训。咸丰忙说，我即刻起来听朝，你不用念了。后果真去了金銮殿听政。退朝回来时，到坤宁宫，见懿嫔跪于地上，皇后坐在正中，不停地数落其过失，并用杖责辱之。懿嫔惧于祖训，只能喏喏认错。

坤宁宫之后，正中为坤宁门，外为御花园。明时称宫后苑。多次增修，但未改永乐建苑时的格局。南北二十四丈，东西四十二丈。以钦安殿为中心，"殿东稍北叠石为崇山，中有石洞，御书云根二字。山上有御景亭。亭之东为摛藻堂，藏《四库全书荟要》于此。堂东为凝香亭。堂前有池，池上为浮碧亭。南为万春亭。再南为绛雪轩，西向，轩前多植海棠。南即琼苑东门"。"殿西稍北为延晖阁，额曰凝清室。阁相对为四神祠。阁西为位育斋，斋西为毓翠亭。斋前有池，池上为澄瑞亭。南为千秋亭。又南为养性斋，东向者七楹，南北向相接者各三楹，皆有楼。斋南即琼苑西门"。有时，在坤宁宫祭大神，此时皇后要戴珠顶冠，穿龙袍褂，用朝珠、项圈、手巾，隆重庄严。

御花园，错落有致地建亭台楼阁、假山池水，松柏竹花点缀其间，构成四时园林盛景。

钦安殿位于御花园正中，为供奉玄天上帝的地方。"殿后为承光门，北向。列金象二。左为延和门，右为集福门，东西向，正中为顺贞门。其北为神武门，紫禁城之北门也。"神武门即今故宫博物院正门。

一九二四年十一月五日，大清王朝的最后一位皇帝溥仪，率妻妾、宫女、太监，分乘五辆汽车，在直军冯玉祥将军部下的刺刀下，仓皇逃离紫禁城，移居后海得胜桥其父载沣的醇王府。半个月后，溥仪逃入日本使馆，寻求政治避难，最终成为日本走卒、伪满洲国的"皇帝"。逊帝溥仪的离去，彻底废除了皇帝的尊号，使紫禁城结束了帝宫的历史。

一九一九年初春的北京，迷蒙的细雨还带有些寒意。一位高大、英俊的布衣青年从北大红楼，步行到紫禁城北边的筒子河北岸，凝望了雨中有些凋败的宫阙很久。他就是一路风尘从湖南来到新文化运动腹地的北京，为湖南学生办妥赴法勤工俭学之事后，又在他曾经的湖南一中的老师、现在的北京大学哲学系教授杨昌济的举荐下，进入新文化运动精神高地——北京大学图书馆半工半读的毛泽东。在他离开北京之前，他独自到紫禁城下，打量这座庞大而灰暗、依然圈着逊帝的宫城。此时，一种强烈的使命感在他心头激荡，他仿佛感到自己正走向现代中国的历史大舞台。

毛泽东一九四九年再次走进北京时，他已是国家的领袖。

他工作、生活了二十七年的中南海,与紫禁城咫尺之遥,但他一生都没有跨进过这座举世闻名的皇宫。战国尸佼《尸子·明堂》曰:"日之能烛远,势高也。使日在井中,则不能烛十步矣。"想来,紫禁城太小,盛不下毛泽东志在五湖四海的雄心。

肃肃銮舆祭祖德
——"左祖右社"太庙和社稷坛

《周礼·考工记》提出，凡国都建制须尊"左祖右社"之法度。明清定鼎北京后，其建皇宫皆左有皇家祭祖的太庙，右有皇帝祭祀土神和谷物的社稷坛。

太庙，在今工人文化宫。"太庙在阙左，朱门黄瓦，卫以崇垣。大门三，左右门各一，戟门五间，崇基石栏。中三门前后均三出陛，中九级，左右各七级。""前殿十有一间，重檐脊四，下沉香柱。阶三成，绕以石栏。正南及左右凡五出陛，一成四级，二成五级，三成中十一级，左右九级。"

凡岁暮宗庙祭礼，王公二人，各率宗室官奉列祖暨后神位，合祭于此，飨所奉祖宗神位。中殿九间，同堂异室，内奉列圣列后神龛，后为朱墙。太庙以前、中、后三大殿为主体，大殿里几十根高大的木柱，皆为采自云贵、两人难以合抱的金丝楠木。明清两代皇帝登基、亲政、大婚、贺寿、出征凯旋、献俘等大典时，皆到太庙敬告祖宗，求祖宗永远保佑。

王士祯十月朔上亲祭太庙，是夜雪，恭记：

> 烝尝崇九庙，云物丽层霄。
> 三后神灵远，中天陟降遥。
> 至尊思肸蠁，列侍肃金貂。
> 六出丰年喜，先迎御仗飘。

太庙南，有五开间大戟门，原有一百二十把铁制、冷兵器时代的战戟，一九〇〇年被八国联军掠走，摆到欧洲大博物馆。

丁巳年二月底，鲁迅参观文华殿、文渊阁诸地后，于二月二十二日午后赴太庙演讲。

社稷坛，在今中山公园。"社稷坛在阙右。坛制方，北向。二成，高四尺。上成方五丈，二成方五丈三尺。四出陛，各四级，皆白石。上成以五色土辨方分筑……甃以四色琉璃砖，各随方色，覆瓦亦如之。"五色土为贡品，为"普天之下莫非王土"之意。按中黄土、东青木、南赤火、西白金、北黑水五行分布。原五色土中央立有石柱，称江山石，后移走。坛北有中山堂，乃一宏伟木构建筑，为明清"拜殿"。皇帝祭祀时，风雨无阻。

张湄《春社斋宿台中》诗：

> 瑶坛紫气接宸居，拂拂条风起蛰初。
> 六府养民先土谷，千官从祀肃簪裾。
> 春生太液蒲芽浅，月冷南台柏影疏。

惭愧微名题谏院，皂囊犹有未陈书。

一九二四年四、五月，中外文化交流很热闹，先是四月印度大诗人泰戈尔访华，五月正逢泰翁六十四岁生日，新月社在协和医学校礼堂举行庆祝会，由徐志摩、林徽因演出他的剧本《契忒罗》。

一九二四年五月二日，鲁迅这天很忙，上午到北师大讲课，午后又往北京大学执鞭，"下午往中央公园饮茗，并观中日绘画展览会"。

中央公园，即今中山公园。一九一四年，时任内务总长兼北京市政督办的朱启钤，整治、开放了北京市第一个公园——中央公园；成立了中央公园管理董事会，华南圭为常任委员之一。华南圭是我国工程界的先驱，在保护古城方面，与梁思成有共识。

中日绘画展览会会址，就在园内社稷坛。展出中国国画家陈半丁、齐白石、姚茫父和日本画家广濑东亩、小石翠雪等数十人的作品。

丁巳年八月，社稷坛之戟殿改为阅览室及书库。八月二十一日，阅览室开放那天，小雨霏霏，鲁迅"乃往视之"。到一九二五年，更名为京师第三普通图书馆。

东苑宸游忆去年
——明英宗击球射柳与"南宫复辟"

缎匹库库神庙,在内东华门外小南城,又名里新库,即明英宗所居之南内,永乐中所谓东苑。

明永乐十一年(1413)癸未端午节,朱棣驾幸东苑,观看击球射柳。永乐时射柳之戏,藏鸽于葫芦或盒内,悬于柳上,射中盒开,鸽飞而出,以此为乐。兴之所至,又命群臣赋诗。据诗之高下,分别奖以钞帛并赐宴。永乐十四年(1416)端午节,朱棣再次到此观览。

明王直《端午忆去年从幸东苑》诗,记的就是皇帝驾幸东苑之情景:

> 千门晴日散祥烟,东苑宸游忆去年。
> 玉辇乍移双阙外,彩球低度百花前。
> 云开山色浮仙仗,风送莺声绕御筵。
> 今日独醒还北望,何时重咏柏梁篇?

《宸垣识略》载:"宣德中,东苑有草舍一区,乃上致斋之所。一小殿,梁栋椽桷,皆以杉木为之,不加斲削,覆之以草。四面阑楯亦然。少西有路,迂回入荆扉,则有河石甃之。河南有小桥,覆以草亭,左右复有草亭,东西相望,枕桥而渡。其下皆水,游鱼牣跃。中为小殿,有东西斋,有轩以为弹琴读书之所。四围编竹篱,篱下皆种蔬茄匏瓜之类。"

此处不啻是一派田园风光,是穷奢极欲之后对世俗生活的一种向往。朱棣曾命尚书蹇义、夏原吉等观赏。

英宗朱祁镇北上狩猎归时住此。明正统十四年,瓦剌北犯中原,宠宦王振挟英宗亲征,遭"土木之变"被俘,逾年乃还;但此时英宗之弟朱祁钰已登基,改元景泰。朱祁镇被尊为太上皇,住在南宫。但南宫翔凤等殿,包括库神庙中的殿石、阑干已被景帝朱祁钰命下官陈谨等悉数拆走,又伐四围大树,去修隆福寺,英宗甚不乐。景泰八年,英宗在将军石亨、宦官曹吉祥的支持下发动政变复位,史称"南宫复辟"或"夺门之变",诛杀功臣于谦,将陈谨下狱,废代宗为郕王。

英宗复辟后,为东苑"寻增置各殿为离宫者五",座座大门西向,"中门及殿南向;每宫殿后一小池,跨以桥;池之前后为石坛者四,植以栝松;最后一殿供佛,甚奇古;左右回廊与内殿接",仿皇宫式为之。

清雍正九年(1731)重修。

封建王朝如一艘风雨飘摇的破船,船上的人不得不面对古老的选择：要么成者为王，站在船上；要么失败成寇，跌落水中。岁月淘人，原非可料。成败角色的进与退，都不得不承担起一种矛盾的双重命运。两者的冲突，必然造成难以摆脱的心理焦虑。人于尘世，不免如过客，谁都将成为流尘入土，"土木之变"后只有傻乎乎的王直还恶心地吟什么"千门晴日散祥烟，东苑宸游忆去年"狗屁诗篇。

太液昆明接上林
——南海、中海和北海

太液池为西苑三海总称。西苑三海为中海、南海、北海。中南海，是南海与中海的统称。民国初年，袁世凯曾在中南海设总统府、国务院，袁倒台后，中南海曾一度向公众开放，成为公园。

毛泽东是一九四九年三月，在西柏坡开完具有历史转折意义的七届二中全会之后，于三月二十五日清晨到达北平的清华园火车站。下午，在西苑机场，毛泽东阅兵，随后接见各界代表、民主人士。深夜，又在颐和园宴请民主人士，直到月上中天，才驱车往香山，作为中共领袖住进他在北平的第一个住地香山"双清别墅"。

一九四九年四月二十一日，人民解放军东、中、西集团，奉命南下，势如破竹，百万雄师渡长江。二十三日，解放了南京，国民党南京政府作鸟兽散。毛泽东见到捷报，奋笔写下气势磅礴的《七律·人民解放军占领南京》：

> 钟山风雨起苍黄，百万雄师过大江。
> 虎踞龙盘今胜昔，天翻地覆慨而慷。
> 宜将剩勇追穷寇，不可沽名学霸王。
> 天若有情天亦老，人间正道是沧桑。

乘着前方不断传来的胜利捷报，怀着无限喜悦，五个月后，毛泽东与中共中央移居中南海，毛泽东住在菊香书屋，直到他去世，在中南海整整住了二十七个春秋。

"瀛台为南海，蕉园为中海，五龙亭为北海"。南海与中海以蜈蚣桥为界，中海与北海以金鳌玉蝀（虹）相分。

中南海，林木繁茂，湖色旖旎。"盛夏荷香满池，冬则八旗禁旅习冰嬉于此。金时名西华潭，明又称金海。"

中南海美景：新蒲古柏，掩映层楼，荷花满池，韶乐袅袅，歌凫共飞。

循湖东岸南折，临池面北为勤政殿。勤政殿，曾是戊戌变法前慈禧太后、光绪听政议政之所，后大总统袁世凯在此接见外国使臣。一九四九年，解放军攻占南京，克上海之后的六月十五日，参加新政治协商会筹备会第一次全体会议的代表，兴高采烈地在中南海勤政殿就座。九月二十一日，中国人民政治协商会议第一届全体会议在中南海怀仁堂隆重举行。九月二十二日，《人民日报》发表《旧中国灭亡了，新中国诞生了！》社论。

一九五六年九月底，印尼总统苏加诺应毛泽东的邀请来华访问。毛泽东在勤政殿接见了苏加诺，苏拿起毛泽东的大手，仔细地看了看说:"真是一双东方巨人的手啊!"在招待宴会上,见毛泽东抽烟不停,苏又开玩笑说:"看到了星星之火,可以燎原。"

勤政殿西,是丰泽园。园前有十亩稻田,其中一亩三分地专供皇帝演耕稼穑之用。光绪十四年,光绪帝脱龙袍、去龙靴,在丰泽园稻田鞭牛扶犁走了几遭,然后回銮。沈涵《丰泽园》诗:

> 名园高敞隔尘凡,竹迳逶迤度碧岩。
> 别馆清阴迟玉珮,平畴翠色上朝衫。
> 柔桑雨润经初翦,香稻云连候载芟。
> 谁识九重霄汉上,耰锄长得睹民碞。

查慎行《丰泽园赐观秧田恭纪》诗:

> 帝籍非千亩,农祥视一畦。
> 初闻朱果熟,旋见绿针齐。
> 料节栽花地,闲酾灌稻溪。
> 自天知稼穑,率土动耰犁。
> 槛外云生岫,帘前雨作泥。
> 膏腴随广狭,脉络就高低。
> 刿刿浮金濼,葱葱夹玉堤。
> 好风垂柳下,斜日画桥西。
> 多稌占丰稔,维鱼兆毕奎。

> 甸师行不到，勾盾典曾稽。
>
> 人侣金鸂鶒，归寻木駃騠。
>
> 自惭输布谷，犹解劝耕畦。

以上两首诗写皇苑里的村庄景象及稼穑过程。

一九五六年十月三日下午，毛泽东在怀仁堂接见了一位特殊的文化名人曹聚仁。说他特殊，因为他曾是章太炎的弟子，与同门的鲁迅是朋友，他担任过国民党中央通讯社记者。蒋经国曾邀他做《正气日报》主编、主笔。是年六月二十八日，周恩来在第一届全国人民代表大会第三次会议上，提出用和平方式解放台湾主张。三天后，曹聚仁便从香港回到大陆。

一九七六年，毛泽东将南宋词人陈亮的词《念奴娇·登多景楼》复印一份，签上了自己的名字，赠给了唐由之。此复印件现存革命军事博物馆。该词曰：

> 危楼还望，叹此意，今古几人曾会？鬼设神施，浑认作、天限南疆北界。一水横陈，连岗三面，做出争雄势。六朝何事，只成门户私计？
>
> 因笑王谢诸人，登高怀远，也学英雄涕。凭却江山，管不到，河洛腥膻无际。正好长驱，不须反顾，寻取中流誓。小儿破贼，势成宁问强对！

此词登览怀古，借书写六朝攻守之事，谴责南宋王朝偏安退守，不图收复国土。

是年九月九日，毛泽东走完了自己伟大的一生。

丰泽园西为春耦斋，曾藏韩滉名画《五牛图》。勤政殿后为德昌门，门内有涵元殿，东为藻韵楼，西为绮思楼，正北相对为香扆殿。殿后南向曰瀛台。

瀛台明称南台，一曰趯台陂，林木深茂。有殿曰昭和。前有亭叫澄渊。南有村舍水田，为皇家观稼之处。顺治时，建宫室作避暑地。康熙又加修葺，殿阁皆换黄琉璃瓦。瀛台如仙岛，三面临水，一条石径与岸相连。瀛台上的殿宇是根据古代蓬莱、方丈、瀛洲三座仙山传说设计修造，故有"人间仙境"之称。明翰林院侍招文徵明《南台》诗写出南台风光及皇帝观稼穑处景象：

> 青林迤逦转回塘，南去高台对苑墙。
> 暖日旌旗春欲动，薰风殿阁昼生凉。
> 别开水榭亲鱼鸟，下见平田熟稻粱。
> 圣主一游还一豫，居然清禁有江乡。

邵远平《瀛台侍直》诗：

> 郁葱玉树映朱楼，太液芳波净不流。
> 石磴参差环豹尾，牙樯溶漾引龙舟。
> 镜中台殿晴逾碧，槛外峰峦翠欲浮。
> 扈跸真疑三岛近，无烦羽客诧瀛洲。

清起居注官高士奇《瀛台侍直》诗：

> 辇道青莎软作茵，苍苍葭菼遍芳津。
> 蘋湾销夏偏宜暑，桂馆招凉不受尘。
> 虹跨长桥排雁齿，阁连飞宇次鱼鳞。
> 自惭未是登瀛侣，珥笔叨为侍从臣。

高士奇，清史学家，出身贫寒，少年好学，以书法受康熙赏识。写此诗时，正是其置田千亩得意之时。后因与明珠争权罢官回乡。其诗写得规矩而老道。

但对于清末德宗光绪皇帝来说，瀛台却是苦海和地狱。

一八九八年六月，清廷发动戊戌变法，以图强国。光绪曾在瀛台颁发第一道宣布变法圣旨。变法引发了各方错综复杂的矛盾，以慈禧太后为首的守旧派操纵军政实权，坚决反对变法维新，变法仅仅经历了一百零三天就寿终正寝。谭嗣同等六人被杀，康梁亡命海外。光绪被慈禧幽禁瀛台涵元殿，成为囚徒。光绪每日被拉去陪慈禧上朝，然后押回瀛台，受尽屈辱。德龄的《瀛台泣血记》形象地记叙了光绪被囚的苦难。一九〇八年十一月十四日，光绪死于瀛台。仅过一天，慈禧殁于皇宫仪鸾殿。二十四小时内皇帝和太后相继而死，至今真相不明。光绪患病于光绪三十四年（1908）初，精神困惫，夜不能寐。太医诊断为：阴阳两亏，标本兼病，胸满胃逆，腰胯酸痛，饮食减少，麻冷发热。用现代医学病理分析，只不过呼吸道疾病而已，却因此致死，似有蹊跷。况当日，光绪尚发一道谕旨：通谕各省总督、巡抚，于各所辖区内，遍选精通医术之人，无论官民，速送京城，为皇帝医病，倘医术高明，治病有效，荐者与医者，皆予恩赏。能发谕旨，怎么就突然"晏驾"了呢？

耐人寻味的是，几乎在光绪死的同时，仪銮殿传出懿旨，立溥仪为嗣皇帝，其父为监国。溥仪与其父载沣更是在光绪死前一日接皇帝谕旨而被同时接进宫中，并封载沣为摄政王的。这显然是慈禧的安排。慈禧的"先见之明"，令人怀疑。

光绪之死，众说纷纭。一说，光绪得知慈禧病重，面露喜色，太后闻之曰"吾不能死于你前"；一说慈禧自感来日无多，密命太监，扼杀光绪。《瀛台泣血记》则认为光绪系大太监李莲英投毒所害。李莲英怕太后早死，靠山一没，难免光绪报复。溥仪自己在《我的前半生》里说，"光绪在死的前一天还是好好的，只是因为用了一剂药就坏了"，他判断"是袁世凯使人送来的"。

光绪之死，说法不尽相同，但被人所害似无分歧。考虑到光绪患病后，治疗过程全由慈禧掌控，皇帝与太后因政见分歧已成死敌，慈禧谋害光绪，合乎逻辑。但推论不能代替事实，光绪之死，成为悬案。

一九一四年，大总统袁世凯欲复辟帝制，将反对他称帝的副总统黎元洪也囚在瀛台两年多。一九二五年，西藏的班禅八世入京，住在瀛台，每天众僧到瀛台求见活佛，求赐哈达，算是扫了瀛台的秽气。

一九二五年二月一日，胡适做了充分的准备，身着西装，带着怀疑、试探的心理，存了审慎的态度和发表自由言论的决心，走进了新华门内中南海之瀛台对面的殿堂里，参加段祺瑞为抵制国民党而召开的"善后会议"。到会之后，胡适的文化品格与翩翩风度和那一班龌龊的军阀、无耻的文人政客格格不入，在提出"国民会议组织法"修正案后即起身，辞去代表身份，中途退场，从泥淖中抽身跳脱。后又写文揭露"善后会议"的反动。

仪銮殿，光绪十一年（1885）建，为慈禧的寝室。直到光绪二十年（1894）颐和园竣工，慈禧才常住颐和园，但冬季仍住此。一九〇〇年，八国联军侵占北京，慈禧仓皇逃到西安，仪銮殿成了八国联军司令瓦德西的住所，清廷议和代表奕劻、李鸿章至此求见瓦德西。一九〇一年四月十七日，一场突如其来的大火，将仅存十二年的雄伟堂皇的仪銮殿变为废墟，瓦德西侥幸活命，参谋长死于大火。

海晏堂是慈禧回京后，在外国公使建议下，于仪銮殿旧址建起的一座西式两层楼房。楼前凿蝠式池塘，池两侧立十二属相兽头人身铜像。池上有木桥，并置铜狮一对。海晏堂东西另有小楼两座，后有仿俄小楼。慈禧曾在此接见各国公使夫人五次。后袁世凯将之改名居仁堂，设为办公、社交场所。一九一五年十二月，袁世凯称帝登基闹剧在此举行。半年后，袁氏在居仁堂命归黄泉。再后，这里成为军阀眷属住宅。自称大元帅之张作霖，将他人驱走，居仁堂成其帅府。

徐乾学记云，"勤政殿之左，历小径入门，为知稼轩，数武至秋雪亭，其西则嘉颖轩，南则狎沤亭，平临太液，迤西朱墙内为丰乐园"。

张英《暑中直知稼轩》诗：

> 稻畦瓜垅翠芃芃，移入城西御苑中。
> 静听桔槔深柳外，不须丹藻绘豳风。
> 板桥直北柳烟霏，古栝新宫接翠微。
> 密苇疏荷俱入画，水云亭畔钓鱼矶。

张英，清大臣。康熙进士，后入选南书房。再后，又擢工部尚书，兼翰林学士。曾为《国史》《一统志》等总裁官。一六九九年迁文华殿大学士，兼礼部尚书。其诗为台阁体，少灵动之气，但写出知稼轩的田园风光。

韵古堂离知稼轩不远，左侧有垣门，东为流杯亭，有康熙御题"曲涧浮花"四字。文献载，"韵古堂贮乾隆十六年江西省所得古镈钟十一、并补钟一而名"。又载，"于明无逸殿址构流杯亭，风棂水槛，溅玉飞琼，康熙中常宴外藩于此"。

德昌门西，循山径而南，为春耦斋、植秀轩、听鸿楼。植秀轩西有石池。渡池穿石洞出，另有洞天，为虚白室、竹洲亭、爱翠楼。春耦斋沿西岸而北为紫光阁。

紫光阁，"旧有高台数丈，中作圆顶，小殿左右各四楹，垂接斜廊，悬级而升，下临射苑，有驰道，明武宗筑以阅射，名曰平台。后废台改为紫光阁，向北。门外即金鳌坊。明时五日幸西苑斗龙舟，看御马监勇士走解蹛柳"。康熙中，于中秋前二三日，集上三旗大臣侍卫校射，康熙御制诗所谓"队自花间入，镖从柳外分"也。射毕，按成绩赐缎匹银牌等。乾隆庚辰，清军平定新疆，绘战功卓著将领之百人肖像于紫光阁，又绘西征战争场面于壁。

明文徵明《平台》诗：

> 日上宫墙飞紫埃，先皇阅武有层台。
> 下方驰道依城尽，东面飞轩映水开。
> 云傍绮疏常不散，鸟窥仙仗去还来。
> 金华待诏多头白，欲赋长杨愧不才。

文徵明，明代书画家，与祝允明、唐寅、徐祯卿并称"吴中四才子"。宁王朱宸濠以厚礼相聘，不赴。

庄有恭《紫光阁侍宴恭纪》诗，纪乾隆丙申，平定金川得胜之事：

> 巍峨紫阁接天开，上将功成赐宴来。
> 共仰神谟收绝域，还忻伟绩出雄才。
> 封侯不让班超笔，市骏应羞郭隗台。
> 从此玉门闲圻堠，西戎即叙咏康哉。

紫光阁后为武成殿，藏丙申平定两金川得胜宝纛并所获金川军器，以志武功。一九四九年后，紫光阁成为接待外宾的地方。

中南海曾经有一条小铁路，火车车头车厢为李鸿章献给慈禧太后的礼物。小铁路南起中海瀛秀园，途经中海、南海西岸，到北海镜清斋。因慈禧怕火车破坏皇苑风水，弃火车头不用，而改为众太监以绳牵拉，并命手持彩旗的太监们随车而进。此情景为皇苑一大奇观，而慈禧却乐此不疲，每日都要乘"火车"到镜清斋午餐、午觉。

北海，位于紫禁城西北侧，辽、金、元时，在此凿池、垒石，建皇家宫苑。明、清两朝不断修葺扩建，使其成为一处胜境。

北海景观以琼华岛为中心，由海、岛、古建筑群组成。北海在元朝皇宫之左，隆福、兴圣等宫之右。金时名西华潭，俗名西海子。施闰章，康熙时翰林侍讲转侍读，诗风朴素，"温柔敦厚，辞句清丽"（王士禛语）。他写《西苑晓行》诗：

> 新蒲古柏晓阴阴，太液昆明接上林。
> 翡翠层楼浮树杪，芙蓉小殿出波心。
> 人歌凫藻衣冠会，水奏箫韶鼓吹音。
> 欲望天颜真咫尺，露台回合彩云深。

太液池之景，一览无余。且景物有层次有远近，有静有声，令读者有身临其境之感。

一九二六年七月一日,即将赴英参加庚款委员会会议的胡适,应邀与北京求真学社的学子们,在北海水榭聚会,并发表演说《我们对于西洋近代文明的态度》[1],受到学子们的欢迎。就在一个多月前,胡适致信鲁迅、周作人、陈西滢,为他们持续了八九个月的笔战进行调解,呼吁消除误解、冷酷与不容忍,放开胸怀朝前走。

那时,鲁迅与胡适已经分道。鲁迅屡有公开攻击胡适的言论,胡适却从未回过一言,且阻止陈西滢、苏雪林替他抱不平。针对陈西滢指摘鲁迅的《中国小说史略》抄袭日本盐谷温之说,胡适竭力澄清鲁迅抄袭的谣传,提出"凡论一人,总须持平"之论。胡适作为学者的纯粹胸怀,受到学界的推崇。

七月一日与北京求真学社的北海之游,令学子们对胡适的人品、学识称赞有加。

北海水榭,在太液池东。

太液池有金鳌玉蝀。桥有九门,勒御书联匾,又有御制诗。明朝董谷《玉蝀桥》诗:

> 正爱湖光澄素练,却看人影度长虹。
> 宫墙睥睨斜临碧,水殿罘罳远映红。
> 宛转银河横象纬,依稀太液动秋风。

---

1 《现代评论》1926年第4卷,第83期。

> 西华门外尘如海，一入天街迥不同。

诗人眼中之景，幻化成天上之街，但离不开如海的尘世。

金鳌玉蝀桥东，有承光殿。围以圆城，设有睥睨，由两掖洞门而升，中有金殿，穹窿如盖，俗称团殿，后人也将圆城叫团城。有古栝（又叫桧树）一棵，槎枒如龙，传是金时所植，有御诗，后不存。殿基与睥睨平。下临太液池西，以舟作浮桥，横于池面。北对万岁山（琼华岛）。据说殿内有蝙蝠，大尺余。南向有两亭，在雉堞之上。明天启元年（1621），团城置玉瓮。《辍耕录》说，玉瓮，黑色酒瓮，玉有白章，随其形刻鱼兽出没于波涛之状，极为生动。可贮酒三十石。径四尺五寸，高二尺，周约一丈五尺。至元二年（1265）忽必烈时制成，曾置广寒殿，为忽必烈宴请文武百官时盛酒之物。清翰林院庶吉士、散馆编修郑虎文，博学多通，尤工诗文，有《玉瓮歌》诗：

> 天启圣瑞玉甕出，惟圣克受昭声歌。
> 臣愚未睹法宫宝，伏读睿藻心为摹。
> 甕广三尺容五石，随形凹凸浮圆荷。
> 刻划类铸鼎象物，长风蹴踏万里波。
> 腥涎怪雾走蛟蜃，呀呷睒瞩腾鼍鼉。
> 阳冰不治阴火阅，怪变灭没吞江河。
> 伊谁铲削运鬼斧？或巨灵掌吴刚柯？
> 吾思此玉当在璞，硕然万古藏嵯峨。

百灵孕含胚太极，润及草木辉岩阿。
原为圣役剖凿出，宛转人世袭白窠。
那知德薄不能有，供玩耳目羞嫱婀。
如延津剑泗水鼎，神物终化理不讹。
于时恭承陛下圣，万方献瑞声猗那。
人无遗贤物鲜弃，稀世宝肯终烟萝。
熊熊龙气光烛夜，乃迹而得归搜罗。
转敕内府输朽贯，千金易致驷马驮。
陈之广殿重图训，奠如金瓯无倾颇。
龙翔凤翥发天唱，四十八人鸣相和。
呜呼隐见会有遇，委弃道院岁已多。
冬葅实腹泥没足，学士凭吊资吟哦。
拂拭偶及光万国，经天不掩同羲娥。
甄幽拔隐寄深慨，谁其会者空摩挲。
异物且贵况奇士，努力明盛无蹉跎。

玉瓮制成于忽必烈时，而此诗第一句说明代"天启"玉瓮出，大谬也。如此长诗，无非写玉瓮之形状、珍贵，但更是一曲夸圣上开明、爱民的诔颂。有趣的是，造玉瓮的忽必烈，还宝于民间的熹宗朱由校，早已湮没于尘埃，而玉瓮宝贝，却流传至今，其间，又经历了多少波澜与蹉跎！

琼华岛，始建于辽金，元顺帝至顺年间，为爱姬英英起采芳馆于琼华岛内。元诗人纳新有《妆台》诗存焉，纪金章宗为李宸妃建梳妆台逸事：

> 废苑莺花尽，荒台燕麦生。
> 韶华如逝水，粉黛忆倾城。
> 野菊金钿小，秋潭玉镜清。
> 谁怜旧时月，曾向日边明。

文徵明有《琼华岛》诗：

> 海上三山拥翠鬟，天宫遥在碧云端。
> 古来漫说瑶台迥，人事宁知玉宇寒？
> 落日芙蓉烟袅袅，秋风桂树露团团。
> 胜游寂寞前朝事，谁见吹箫驾彩鸾？

施闰章《上元日御苑登洗妆台》诗：

> 禁林灯节许人来，太液苍茫接汉回。
> 前代御舟犹水榭，中天白塔旧妆台。
> 苑亭重绕沧洲出，宫殿高擎丽日开。
> 向夕含情遥指点，景山终古自崔巍。

三代诗人所见，乃废苑荒台，韶华不再，粉黛已逝，唯有旧时明月依然如故。不过百年光景，物非物，人非人，一怀伤逝的愁绪。

琼华岛，金时称蓬莱山，山上有广寒殿。元时又扩建，规制尤巧。太液池东西作行殿三池：东向西者，曰凝和池；西向东对蓬莱山者，曰迎翠池；西南向以草缮之而饰以白土者，曰太素。其门名如其殿名。有六亭：曰飞香、拥翠、澄波、岁寒、会景、映晖。有轩，曰远趣；有馆，曰保和。

元时，在琼华岛西南曰兔儿山的小山上建殿。传说，明天启乙丑重阳时，熹宗朱由校驾车游兔儿山。钟鼓司邱印，执板唱《洛阳桥记》中"攒眉黛，锁不开"一阕。过了一年，其还唱此阕。宫人面面相觑，以为不祥。陈悰有诗记之，讽其事：

美人眉黛月同弯，侍驾登高薄暮还。
共讶洛阳桥下曲，年年声绕兔儿山。

太液池西向东，对琼华岛曰迎翠者，是元兴圣殿址。兔儿山叠石为峰，巉岩森耸。又据史载，"元人载此石，自南至燕，每一石准粮若干，俗呼折粮石"。明廖道南《清虚殿》诗：

峻极丹霄上，清虚碧海前。
扶桑先见日，若木远含烟。
绝岛移云石，明河泻瀑泉。
仰看元象转，身在蔚蓝天。

在琼岛西坡，元时忽必烈建"御汤池"，供自己与嫔妃沐浴，可与秦始皇之"骊山汤"、大唐之"汤泉宫"（后改"华清宫"）媲美。

琼华岛亦名白塔山，因岛顶有白塔得其名。塔建于顺治八年（1651），为藏式喇嘛塔。福临奉佛，尤崇西藏喇嘛诰门汗，遂在其建议下建塔。塔高十余丈，下方上圆，顶置宝顶，即相轮，亦谓十三天。镏金宝顶分称天盘、地盘和明火焰。顶下华盖乃铜铸，塔中有通天柱，高九丈，柱顶金函中藏"舍利子"两颗。

白塔南坡，有永安寺，亦顺治八年建，为喇嘛诵经处，帝后也集此奉旨拜佛。

仙人承露盘，在琼岛北山腰处——于汉白玉蟠龙石柱上，立一铜人，双手擎荷花铜盘，称仙人承露盘。承露盘，源于汉武帝。汉武帝好神仙，作承露盘以承甘露，以为服之可延年。《汉书·郊祀志上》："其后又作柏梁、铜柱、承露仙人掌之属矣。"颜师古注引《三辅故事》，"建章宫承露盘高二十丈，大七围，以铜为之，上有仙人掌承露，和玉屑饮之"，以求长生不老。

钓鱼台，崇智殿西有八面临水亭，曰临漪亭，又叫钓鱼台。

明夏言《临漪亭》诗：

> 绿树阴阴翠殿寒，临漪亭上倚阑干。
> 谁知凤阁龙楼里，亦有青山碧水看。

朱彝尊《早秋水云榭》诗：

> 残暑秋逾炽，凉风午乍催。
> 微波莲叶卷，新雨豆花开。
> 宛转通桥影，清泠傍水隈。
> 夕阳山更好，金碧涌楼台。

阅古楼，位于琼华岛西湖畔。呈半月形，上下两层，各二十五间。楼梯盘旋而上，有"蟠龙升天"之喻。楼内壁上，镶嵌《三希堂法帖》等石刻，为乾隆间摹刻。三希堂，在紫禁城养心殿。乾隆帝将王羲之的《快雪时晴帖》、王珣的《伯远帖》、王献之的《中秋帖》收藏于此，认为王氏子孙三代的书法为稀有之宝，故以"三希堂"名堂。《三希堂法帖》，金称《三希堂石渠宝笈法帖》，三十二册。乾隆十二年（1747），乾隆命梁师正等编次内府所藏魏、晋至明代法书，聚集臣工，模勒上石，其中包括王氏墨迹，故名法帖巨制《三希堂法帖》。

静心斋，在北海岸北，清乾隆二十二年（1757）建，与天王殿、澄观堂、五龙亭、九龙壁、小西天等景观，构成琼华岛外景观最集中的地区。乾隆曾在此读书，故有"乾隆小花园"之称。后成为皇太子之书斋。慈禧曾挪用海军经费扩建此处，叠翠楼即是那时增建的。其时尚铺设铁轨于中南海北海湖畔，小货车由中南海直抵静心斋，供慈禧避暑之用。一九〇〇年，八国联军侵占北京，日军司令部设在静心斋，破坏、掠夺无数珍宝。

五龙亭，临湖而建，中曰龙泽，左曰澄祥、滋香，右曰涌瑞、浮翠，统称五龙亭。龙泽为圆形天象厅，左右四亭为地象厅，供帝后垂钓观烟火。

九龙壁，在静心斋西南，建于乾隆二十一年（1756），高丈五，厚三尺六，长八丈余，是中国现存三座九龙壁中最为精致壮美的一座。两面皆以彩色琉璃砌成，上有九龙翻腾于云海中戏珠，另有六百三十五小龙游弋于正脊至瓦筒间。

九龙壁原是大圆镜智宝殿山门前之照壁，后殿宇两度焚于大火，而九龙壁竟毫发无损，堪为奇迹。

玉熙宫在金鳌玉蝀桥之西，明世宗嘉靖四十年（1561），万寿宫灾，嘉靖帝暂居此宫。明万历时，选三百余名儿童，在此学习宫戏，学成进宫表演。明曹静有《照宫词》：

口敕传宣幸玉熙，乐工先候九龙池。

妆成傀儡新番戏，尽日开帘看水嬉。

崇祯每宴玉熙宫，作过锦、水嬉之戏。一次正观戏，听闻汴京失守，亲信被杀，遂大恸而罢宴。不久，崇祯自缢景山歪脖老槐。

夜深不管排场歇
——辽金元的宫廷娱乐

辽、金、元三朝定都北京,虽因战争频仍,北京的经济发展受到不同程度的影响,但契丹、女真、蒙古等游牧文化与汉农耕文化碰撞、交融,却使北京宫廷的文娱活动呈现了繁荣多彩的局面。《宸垣识略》载,"辽景宗开泰五年,驻跸南京,幸内果园宴,京民聚观。求进士,得七十二人,命赋诗第其工拙,以张昱等一十四人为太子校书,韩亦士等五十八人为崇文馆校书郎",景宗皇帝于皇宫果园内赐宴,开科取士,庶民聚观,由此可见辽沿袭宋旧制的一斑。

又据载,"兴宗重熙五年,诏修南京宫阙府署。九月,猎黄花山,获熊三十六。冬十月,幸南京,御元和殿,以日射三十六熊赋、幸燕诗,试进士于廷"。辽主尚武,且如清人赵翼在《廿二史札记》所说"辽族多好文学"。

两次为相的王安石,有诗句"涿州沙上饮盘桓,看舞春风小契丹",记载了一次辽主在北京赐宴宋朝使臣的情景。史载,那次宴会"酒一行,觱篥起歌;酒二行,歌;酒三行,歌,手伎入；酒四行，琵琶独弹。然后食入、杂剧进，继以吹笙、弹筝、歌、击架乐、角觝"。所记酒宴，少写酒食，而详细列举丰富多彩的歌舞、戏曲、音乐、杂技表演。从中可看到多民族的艺术在这里和谐相融的盛况。

金代宫廷文娱活动，超过辽代。这从《宸垣识略》载明周宪王的《元宫词》中可看出，其后并有吴长元按："金元宫室与今大内不同，因节大概录于城郭之后，其题咏亦惟典实者采焉。"《元宫词》诗，为实录，非虚构。

元代，尚书省左司员外郎元好问在诗词方面取得很高的成就，此时，戏剧也繁盛。在北京，除了"院本杂剧"还有说唱艺术"诸宫调"。有趣的是，金代皇帝如世宗、章宗，重礼乐文治，皇帝本人也濡翰弄墨。世宗被称"小尧舜"，史载"章宗好文辞"，二人均留下不少诗作，其诗多典丽工致。后人以元好问为例评说道，"国家不幸诗家幸，赋到沧桑句便工"，极贴切。史载世宗于大定"十三年四月乙亥，上御睿思殿，命歌者歌女直词，顾谓皇太子曰：'朕思先朝所行之事，未尝暂忘，故时听此词，亦欲令汝辈知女直醇质之风。'"金世宗咏自己民族之诗词告诫子孙，勿忘女真族政治理想。《宸垣识略》又载，金帝完颜璟"中秋赏月瑞光楼，召赵沨文孺对御赋诗，以清字为韵。沨诗云……圣朝不奏霓裳曲，四海讴歌即乐声"。皇帝"读至落句，大加赏异，手酌金钟以赐，且字之曰：文孺，此钟赐汝作酒直。士林荣之"。提倡文治，重视汉仕，使女真人进一步汉化、封建化，文化艺术也得以发展。

元朝，从"武功"到"文治"，汉蒙两种文化从磨砺到融合，元朝享国虽不足百年，但创造了辉煌的文化艺术。除诗之外，元代杂剧元曲，堪与唐诗宋词并称。元"杂剧班头"当属关汉卿，同是大都人的王实甫，其成就与关汉卿互为伯仲。他们都是"夫士惟不得用于世，则多致力于文字之间，以为不朽"的文化人。关、王的《窦娥冤》《西厢记》是戏剧瑰宝，其涵包广阔，前者抨击社会黑暗，后者写爱情悲剧，真实地反映了当时五光十色的社会生活。

元代统治者重视艺术的功能，为享乐，在宫中大演杂剧歌舞，"上行下效"，推动了杂剧歌舞艺术的繁荣。《宸垣识略》载："顺帝以宫女三圣奴、妙乐奴、文殊奴等一十六人，按舞名十六天魔，首垂发数辫，戴象牙佛冠，身披璎珞大红销金长短裙，金杂袄，云肩合袖天衣，绶带鞋袜，各执加巴剌般之器。内一人执铃杵奏乐。又宫女一十一人，练搥髻，勒帕常服，或用唐帽窄衫。所奏乐用龙笛、头管、小鼓、筝、琵琶、笙、胡琴、响板、拍板。以宦者长安迭不花管领。遇宫中赞佛，则按舞奏乐。宫官受秘密戒者得入，余不得预。"时诗人杨子器、杨维祯都有诗记此事。

杨维桢，元末明初诗人，元泰定年间进士。元末农民起义，其避难富春山，明太祖诏征诸儒纂礼乐书，他不应。三年，被召至京师，一百一十天，及所纂书叙例略定，即乞归。宋濂赠其诗曰："不受君王五色诏，白衣宣至白衣还。"很有士之操守。其诗曰：

十六天魔教已成，背番莲掌苦嫌生。
夜深不管排场歇，尚向灯前踏影行。

杨子器也有诗曰：

练绐鬒髻紫头绳，金绣云肩翠玉缨。
学舞天魔才摆队，长安又领接番僧。

王公官宦之家，也夜夜歌舞，然窦娥之冤、莺莺之社会悲剧也在民间不断上演。

独吊空园泪满襟
——消失的"万园之园"圆明园

圆明园,由圆明园及其附属长春园和绮春园(后称万春园)组成,是北京西郊著名的"三山五园"之一,距畅春园(今北京大学)里许。《宸垣识略》载,"为世宗藩邸赐园。园名圣祖御书,世宗有圆明园记"。圆明园是康熙赐给四子胤禛即雍正的园子。雍正继位后,于雍正二年(1724)动工扩建。周约十公里,凿湖堆山,植奇花异草,是清朝皇帝盛夏季节避暑、听政、处理军政事务之地,故有"夏宫"之称。

圆明园正门是大宫门,其为十八园门之一。坐北朝南,五楹三明两暗,飞阁流檐,卷棚歇山,门额悬"圆明园"匾额,为雍正所书。雍正原在门前置一对造型生动、刻工精巧的石麒麟。乾隆登基后,在圆明园建皇家祖祠安佑宫时,将此对石麒麟移去;于乾隆五年(1740)铸一对铜麒麟放在大宫门前,铜麒麟造型雄伟、铸工细腻。二十二年后,又铸三万四千斤之铜狮代置于大宫门前,那对铜麒麟移到安佑宫前,两只硕大铜狮目睹了当年"英法联军"闯入圆明园疯狂掠夺焚烧"万园之园"的滔天罪行。

后，石麒麟放置在今北京大学主楼前，而铜麒麟被毁一只，另一只移到颐和园仁寿殿前。大宫门前的那对铜狮子，在光绪重修颐和园时，被安放在万寿山中轴线上排云门前，向游客诉说它的苦难。

大宫门，也是乾隆宠臣和珅的伤心地。嘉庆三年正月，已当太上皇的乾隆传和珅到长春仙馆。他竟然在大宫门不下马，扬鞭策马而入。次年，乾隆帝驾崩后八天，嘉庆即颁旨：革大学士和珅职，下狱治罪。罪行之一就是"骑马直进左门（大宫门东侧门）"。大污官获罪，怕那对铜狮也会高兴。

一七九三年，英国使臣马戛尔尼访华，希望与中国建立贸易往来，乾隆很重视。

为威镇英使，乾隆叮嘱相关官吏，禁止英使团人员与北京百姓接触，并欲以街道森严之状让英人认为清朝特别强大。乾隆煞费苦心，把与英使见面的地方，安排在富丽堂皇的圆明园里的西洋楼。西洋楼是郎世宁以西方建筑风格设计的，与中国的殿宇相映成趣，显示了圆明园的多样性。但来自英国的使臣，对西洋楼司空见惯，并不感到惊奇，这让乾隆颇为失望。

但事件的焦点并非西洋楼的建筑风格，而是会见时，英国使臣是跪还是不跪。

为了让马戛尔尼下跪，以示大清的威严，乾隆是动了些心思的。乾隆深谙艺术的感染力，于是他亲自撰写昆曲剧本《四海升平》，欲"以情感化蛮夷"。该剧中文昌皇帝、四海龙王、雷公电母依次登场，最后收服了闹事的海龟，以"果然是万万年四海升平也"收场。此剧乃应景之作,主题先行,想来毫无感人之处;但在赐宴当日演出时,众臣曲意奉承,拍手叫好,而英使团根本看不懂,面有茫然之色。乾隆写过不少剧本,比如《八佾舞虞庭》,赞美自己平定西陲,却也无什么艺术性。

欲"以艺术感化蛮夷",结果人家未受感染,当然不会下跪臣服。乾隆也只好自我解脱,"天朝物产丰盈,无所不有,原不藉外夷货物以通有无"。

彭启丰有《甘霖普降,赐圆明园泛舟恭纪》诗:

> 上林风景画图工,倒影楼台万象中。
> 秀簇方壶瞻眺远,恩深太液泳游同。
> 凉飔拂处榆槐绿,绮浪翻时菡萏红。
> 仰睹宸章亲洒翰,作舟还重济川功。
>
> 宵旰殷怀若雨旸,万几游览悦时康。
> 臣邻一德观元化,禁近承恩觐帝光。
> 绕楫凫鹥淡容与,忘机鸥鹭共游翔。
> 欲知图绘豳风意,早盼黄云稻陇香。

另一位大臣介福亦有《甘霖普降,赐圆明园泛舟恭纪》诗:

> 篆烟刻漏日长时,雨霁凉生太液池。
> 跃浪文鱼依槛近,凌风沙鸟度舟迟。

>垂杨影里瞻天藻,流水声中进小诗。
>
>盛典幸逢几暇候,衔恩均托上林枝。

诸诗呈现一幅美景。可惜,后人没福气一睹高宗扩建后的圆明园,不然当如何惊叹。

乾隆继位后,在园的旁边扩建两座附园。东为长春园,西为万春园。故圆明园实际由圆明园、长春园、万春园三组宏大的建筑组成,有园内外名胜四十景。有亭台楼阁一百四十五处,陆上建筑面积比紫禁城还大,水域面积有颐和园总面积大小,山色湖光,美不胜收。其中除具有独创形式的庭园建筑外,长春园还有海晏堂、远瀛观等西洋风格的建筑群,并利用长廊、墙垣、桥梁与自然景物相连结,艺术价值甚高。圆明园为世界奇观,有"万园之园"美誉。

圆明园湖泊相连,水道纵横,道上多桥,形态各异,自成景观。咸丰八年(1858),咸丰帝突有游湖兴致,命太监传下一道圣谕,传肃顺等一干内阁大臣,散朝后一同到圆明园山高水长处候驾。肃顺等刚到,见咸丰之龙舟已破浪而来。皇上下得龙舟,早有侍卫牵来骏马,众人扶皇上上马。皇上命众臣脱掉朝服和朝靴,紧随其后,小跑侍候。咸丰一路走马观景,时快时慢,可怜七位内阁大臣早已气喘吁吁,年纪大者汗流浃背,腿如灌铅。如此游园半天,咸丰甚觉有趣,便在狮子林清淑斋赏饭,让七位大臣一定要吃得大饱。早已饥肠辘辘的大臣大喜过望,却不料那吃法让他们招架不住:先赏汤面一碗,又赏一碗八宝粥,接着美味佳肴如流水般呈上。那七位大臣，平日脑满肠肥，哪里受用得了这"流水席"，个个吃得肚皮鼓胀。好不容易支撑到御席撤桌，众臣跪下谢恩，不料皇上再赏莲子枣粥。七位大臣心中叫苦不迭，为讨圣上高兴，还是强撑着领赏。咸丰皇帝复又上马，众臣依然紧随其后，足足走到夕阳西下，皇帝倦了，在含晖下了马，才让精疲力竭的七大臣回家歇息。由此可见咸丰的荒唐和不正经。这等昏君岂有不误国之理？就在这恶作剧之后的咸丰十年七月，英法联军经天津向北京进军。九月十八日，英清通州谈判决裂；二十一日，两军于八里桥决战。二十二日，咸丰帝惊慌失措，携慈禧、慈安及皇子等，在数十名大臣、阉人、宫女的护卫下，出长春园，向东逃窜，经万泉河石桥，过清河镇，走古北口，逃至热河避暑山庄。

说起来，咸丰帝奕詝就生在圆明园湛静斋（后改为基福堂）。《清史稿》载有"文宗自六岁入学"，至宣宗（道光）晚年，"以文宗长且贤，欲付大业，犹未决。会校猎南苑，诸皇子皆从，恭亲王奕訢获禽最多，文宗未发一矢，问之，对曰：'时方春，鸟兽孳育，不忍伤生以干天和。'宣宗大悦，曰：'此真帝者之言！'"立储之事遂秘密确定。后奕詝成为咸丰皇帝。可惜，对鸟兽不忍杀生、悲悯生灵的人，不仅不敢对入侵国土的侵略者动刀枪，而且还抱头鼠窜，实为国家之罪人。

从《清史稿》中可知，咸丰帝精于武功，有记载曰："文宗同在书房，肄武事，共制枪法二十八势、刀法十八势，宣宗赐以名，枪曰'棣华协力'，刀曰'宝锷宣威'。"有这般身手，何不报效国家社稷？苟活是也。

十月六日，匪军进攻圆明园。是日，圆明园贤良门内，有二十余名忠勇太监，"遇难不恐，奋力直前"，可惜敌我悬殊，"八品首领"任亮，拼死杀敌，以身殉职。黄昏时分，圆明园破。

次日晨，侵华匪军之额尔金、格兰特、孟托邦在园内正大光明殿，"合议分派园内之珍物"。之后，开始疯狂掠夺园内珍宝。五天后，英军增派一千二百名骑兵和一个步兵团，再次疯狂洗劫园内珍宝。侵略者仍不善罢甘休，英军以清政府曾将巴夏礼等囚禁于圆明园为借口，英全权代表詹姆士·额尔金，将焚毁圆明园列入议和的先决条件。额尔金公然叫嚣："只有焚毁圆明园一法，最为可行，此举足以使中国及其皇帝生极大震动。"十月十八日，额尔金再度派三千多英兵冲入圆明园，纵火焚烧所有建筑物，大火三天不熄，不仅园内亭台楼阁被烧成一片废墟，园内三百多名来不及逃走的太监、宫女、工匠也无一幸免于难。大火蔓延至海淀镇，民舍也变成一堆瓦砾。额尔金，英国贵族，对中国犯下累累罪行：一八五六年，他率军攻占广州，逼清政府签订《天津条约》；一八六〇年四月，英王室派他为对华全权专使，主导英法联军对中国的侵略，逼迫清政府签订《北京条约》；一八六一年，他下香港，依约划割九龙。

一九〇〇年，八国联军再次入侵北京，已颓垣断壁的圆明园，再次遭到破坏。在后来的五十年里，因无人管理，圆明园残存砖石台柱，多被官僚贵族偷盗、运走。如军阀张作霖就窃走园内汉白玉石料,为自己修建墓地。徐世昌拆走镜春园中的珍贵梁柱,李鸿章甚至将园中宝贵遗物运往上海。解放初,圆明园已被破坏得面目全非,只有那孤独、凄美、兀自矗立的巨大雕花石柱,向世人述说着昔日的辉煌和曾经的苦难与耻辱。

落后就会挨打,自称文明的人也会行禽兽不如的勾当。"文明"的侵略不仅给我们民族带来了难以磨灭的伤痛,也给中国文化带来一场浩劫。

清王室有多位皇帝在圆明园神秘蹊跷而死,对清王朝来说,这里也是个伤心之地。

康熙六十一年十二月二十日,康熙病死于畅春园行宫内;其四子胤禛继大业,一七二三年登基称帝,雍正十三年(1735)暴亡于圆明园。

康熙、雍正继位称帝,似充满了阴谋和血腥。传说孝庄太皇太后密改顺治遗诏,康熙才得以称帝。雍正继承皇位,亦疑点多多,其是否合法,成为谜案。人们发现,凡康熙喜欢去的地方,雍正都避之不往。比如康熙常住畅春园,而雍正则另建圆明园;康熙年年必至承德避暑山庄,雍正在位十三年,没去过一次。在为自己的陵墓选址时,雍正没有选在父皇的陵园之侧,而选择在河北易县修造自己的陵园。我们或可以从中揣测出一些端倪。

只因身住风烟里
——慈禧与颐和园

颐和园,在圆明园西二里许。金贞元元年,海陵王完颜亮在此设金山行宫,建殿筑亭,引来玉泉山之水,使之初具园林之相。元时改金山为瓮山,将行宫内湖泊称瓮山泊。明朝称此地为好山园。乾隆元年,书画家郑板桥曾游此地山水,并赋诗《赠瓮山无方上人诗》两首。无方上人为瓮山一和尚,书画颇有名气,与郑板桥有交谊。郑板桥诗曰:

> 山裹都城北,僧居御苑西。
> 雨晴千嶂碧,云起万松低。
> 天乐飘还细,宫莎剪欲齐。
> 菜人驱豆马,历历俯长堤。

其时,郑板桥四十四岁,其诗、画、书法皆有成就,号称"三绝"。清乾隆十五年(1750),此处经修葺扩建,改称清漪园。据孙承泽《春明梦余录》载:"瓮山在玉泉山之旁,西湖当其前,金山拱其后,明时旧有园静寺,后废。今上乾隆十五年,于其地建大报恩延寿寺,命名万寿山。并疏导玉泉诸派,汇于西湖,易名曰昆明湖。设战船,仿福建广东巡洋之制,命闽省千把教演。自后每逢伏日,香山健锐营弁兵于湖内按期水操。若其经流,则自绣漪桥南入长河,引流入京城,绕紫禁城而出,归通惠河通济漕渠,灌溉田亩,实万世永赖之利也。皇上御题额曰清漪园,有御制昆明湖记、清漪园记,恭载卷内。"乾隆为贺其母孝圣太后六十大寿,改瓮山为万寿山,并在宜春馆西建乐寿堂,园中置奇石青芝岫,以讨其母欢心。堂后为方池,池北为乐安堂。

乾隆时之颐和园,宫门东向,两石梁下为溪河,左右罩门。内为勤政殿,有乾隆《万寿山昆明湖记》碑。殿后北可达怡春堂,西为玉兰堂,北为宜春馆,馆西是乐寿堂,其后西向有方池,池北为乐安和,西为长廊,达石丈亭。西北为养云轩、餐秀亭,亭后石壁勒乾隆御书"燕台大观"四字。西为无尽意轩,稍北是圆朗斋。无尽意轩后为慈福楼,楼西为大极恩延寿寺。罗汉堂后为宝云阁,阁西为邵窝、松云巢,又西为澄晖阁。东南有三层楼,额曰"山色湖光共一楼"。西为听鹂馆,再西为石丈亭、石舫。舫北有楼,为延清赏、旷观斋、水周堂。自此以北建城关,关上有楼供奉关羽。沿城北折向西,为园之西门。

怡春堂后,为惠山园,后改称谐趣园,内有池数亩。池东为载时堂,北为墨妙轩,内贮三希堂续摹石刻,壁嵌法帖诸石。池西为就云楼,南有澹碧斋。南折而东为水乐亭、知鱼桥。就云楼东为寻诗径,径侧有涵光洞,北为霁清轩,后有石峡。其北为园之东北门。清人吴长元云，"惠山园仿无锡秦氏寄畅园也"。其八建筑，为园中八景。

惠山园西尚有云绘轩、多宝琉璃塔、绘芳堂、铜亭等诸景。

咸丰十年，英法联军入侵北京时，不仅焚毁了圆明园，清漪园也遭到严重破坏。十三年后的同治十二年，同治帝为让慈禧撤帘归政，拟重修圆明园为其母养老。但清廷国库空虚，经费难筹，又遭奕訢等王公重臣反对，无奈改修三海。一年后，同治病殁，三海工程也只能作罢。

到光绪十二年（1886），醇亲王上《奏请复昆明湖水操旧制折》，奏请重修清漪园，想以此换取儿子光绪亲政。身为总理大臣的醇亲王在慈禧授意下，动用海军经费等款项一千三百万两白银，于一八八七年动工修建清漪园。几年后中日甲午海战，清海军全军覆没，清廷再无力重建海军。

清漪园竣工之后，光绪亲书"颐和园"金字匾额，嵌于颐和园正门之上，门下台阶铺砌二龙戏珠丹陛石，门旁立铜狮一对。

入东宫门，有勤政殿，一派金銮宝殿气势，富丽堂皇、王气十足。一八六〇年被英法联军焚毁，光绪十四年重修，改为仁寿殿。仁寿殿名，取《论语·雍也》之"知者乐，仁者寿"和《汉书·董仲舒传》"尧舜行德，则民仁寿"之意。殿内有匾额"海涵育春""德风惠露"等十方。殿东西有配殿。

一次，慈禧游园中暑，太监们忙从此处一井里取水，清凉井水入口，慈禧立时清爽，大喜，乃赐名此井"延年井"。

仁寿殿之前，置古铜宝鼎和龙凤，石须弥座上有只铜麒麟。

仁寿殿有宝座、御案、屏风、鼎炉、鹤灯，为慈禧、光绪听政、接见外国使臣的地方。据《颐和园》一书载，"仅从一九〇〇年四月六日至六月九日的短短的两个月里，就发布镇压义和团运动的上谕二十多道"。签订丧权辱国的《辛丑条约》之后，慈禧返京，"她又把仁寿殿作为媚外活动场所，不断地接见德、法、英、意、美、日各国驻华使臣和驻军的海军司令……多次招待各国驻华使臣和夫人游园，在仁寿殿举行'游宴'，在南北配殿'赐果食'。甚至于把使臣夫人请到自己的寝宫乐寿堂去"。

仁寿殿也是光绪二十三年（1897）慈禧做六十三岁大寿时举行"万寿庆典"筵宴之地。此次寿筵，慈禧指定恭亲王、庆亲王负责，庆典共开六天。活动盛大丰富：十月初七，慈禧回宫行礼再返园；初八，仁寿殿筵宴，皇帝率王公百官进爵；初九，仁寿殿筵宴，皇后领嫔妃公主等进爵；初十，排云殿受贺；十一，仁寿殿筵宴，皇帝率近支王公等进爵；十四，仁寿殿筵宴，皇后领嫔妃公主等筵宴。

据史料载，"一八九八年六月十六日，光绪皇帝发动变法维新运动时，也在这仁寿殿召见改良派领袖康有为，密谈了两个多小时，命康有为任总理衙门章京；允其专折奏事"。

仁寿殿后有三处四合院，为帝后、妃嫔居所。慈禧住在前临昆明湖、后倚万寿山、左右有长廊的重修的富丽堂皇的乐寿堂，其"乐寿堂"匾额为光绪手书。慈禧每岁农历四月来乐寿堂。

玉澜堂在仁寿殿南，临湖而建，甚精美。玉澜堂东配殿曰霞芬室，西配殿为藕香榭。乾隆有诗写玉澜堂：

> 澜实水所有，玉名水所无。
> 借名以喻实，名实原不殊。
> 溪堂俯临之，稚春冰尚铺。
> 幻名仍幻矣，真实孰真乎？

取名玉澜堂，出于晋诗人陆机诗句"玉泉涌微澜"；又有人曰，玉者，取玉泉山麓之玉泉，澜字指昆明湖水，众说纷纭。

玉澜堂建于乾隆十五年，毁于咸丰十年英法联军。光绪十二年重建，后为光绪帝寝宫。戊戌变法后，九月十八日，谭嗣同背着光绪到法华寺袁世凯居所，劝其支持变法，袁却密告慈禧宠臣荣禄。荣禄夜至颐和园奏报慈禧，慈禧与荣禄悄然连夜返回紫禁城，开始血腥捕杀维新派。次日，光绪依旧到乐寿堂向慈禧"请安"，方知已人去堂空。仁寿殿玉澜堂既是戊戌变法的发祥之地，又是见证悲剧的伤心之地。

九月二十一日，慈禧发布"上谕"，说皇帝有病，由她"训政"，彻底废除新政。杀谭嗣同于菜市口，囚光绪于玉澜堂。慈禧还在玉澜堂两侧配殿处筑起高墙，以防光绪至后院与嫔妃见面，更防其与外界联系，图谋不轨。玉澜堂门前，原有两块守门石，各守大门一侧，传说为一雌一雄，人们管它们叫子母石。

说起这子母石，是颇有来历的。一次，慈禧将光绪和珍妃带至颐和园。光绪思念珍妃，长夜不眠，他的贴身太监王商最知光绪的苦楚，于是趁慈禧熟睡之际，买通看管珍妃的宫女，将珍妃带至玉澜堂。二人见面，百感交集，真是"相见时难别亦难"，执手长握，泪眼滂沱。谁想，不多时，外面突有动静。若是慈禧来了，光绪、珍妃要吃更大苦头，而太监王商并珍妃宫女则定身首两分。好在王商早有安排，忙将珍妃藏于穿衣镜后的密室。

果然，在李莲英带领下，于灯火通明中，一群太监宫女簇拥慈禧而来。原来是子夜时，慈禧一心腹太监见玉澜堂有灯火，想看一下究竟，被光绪身边太监以皇上夜读为由挡走。该太监即禀报慈禧，慈禧多疑，于是乘小轿而来。

慈禧进入玉澜堂，光绪正秉烛夜读，见慈禧到来忙跪迎。慈禧左右打量，未见破绽，便劝光绪说："皇上原本身体不好，不要夜读伤身。"光绪此刻正吓得心慌意乱，只能连说"好好""诺诺"，早将"谢谢亲爸爸"之语忘得干干净净。见光绪对自己的关心心不在焉，慈禧心里一下火了，出门时指着堂前的两块守门石骂道："你呀，无情无义的石头！"借以发泄心中的怒气。光绪吓得忙再下跪，连连叩头："是，是，孩儿是块石头！"

待慈禧走远，恢复平静的光绪站在堂门口，回忆慈禧狠狠地骂他是块石头的情景，喃喃自语："你的心比石头更冷！"

于是，颐和园内的太监、宫女就称玉澜堂门前的两块守门石为"子母石"。非子母连心之石，乃彼此仇视之石。

乐寿堂不远处，有德和园，一八六〇年被英法联军烧毁，光绪年间又花七十一万两白银重建。其大戏楼宏伟富丽，高六丈、宽五丈、翘角重檐、红栏绿柱，与紫禁城的畅音阁、承德避暑山庄的清音阁并称清代宫廷三大戏楼，也是世界木结构戏楼之最。每逢佳节或帝后生日，当时的名伶就会被传到宫里，在德和园进行盛大演出。美国女画家卡尔，曾在这里的庆善堂为慈禧画像。

沿昆明湖北岸，东起乐寿堂邀月门，西至石丈亭，有一条二百一十九丈的木长廊，枋梁上皆山水、花鸟、历史人物之苏式彩绘，八千余幅，廊间建有代表四季的留佳、寄澜、秋水、逍遥四亭。长廊将山前湖畔各景串成一体，可供游人观景、避雨雪、小憩。

万寿山上有颐和园标志性建筑佛香阁，高十二丈余，是一座八面三层四重檐的殿宇。阁内立八根近十丈高铁梨木擎天柱，又有三尊佛。据云，仿武昌黄鹤楼而建，气势恢宏。佛香阁前有排云殿，建于汉白玉台基之上，三面有台阶，周有汉白玉石栏。

排云殿，取晋代诗人郭璞《游仙诗》"神仙排云出，但见金银台"之意。它倚山筑殿，层层堆高，汉白玉为阶，黄琉璃覆顶，极为精美。东西两侧有配殿辉映，由回廊连通。殿内檐悬"大圆宝镜"匾额。有九龙宝座，后为朱漆珐琅屏风。座两侧各有一木雕寿字。丹墀上列有铜龙、铜凤、铜缸、宝鼎等，另有珐琅"麻姑献寿"人形柱。殿中陈列一幅慈禧油画肖像，系美国女画家卡尔的杰作，画于一九○三年的紫禁城，那年慈禧六十九岁。油画中的慈禧显得很年轻，白皙的脸上浮着微笑，慈祥而优雅。

除仁寿殿外，排云殿也是供慈禧祝寿的地方。每岁农历十月初十，慈禧多在此殿庆贺寿诞。据《日下旧闻考》记载：是日，慈禧盛装端坐殿内九龙宝座上，韶乐奏响，香烟缭绕，光绪登至排云殿前二宫门时，便向慈禧行"三跪九叩"大礼。王公百官则按官阶立于金水桥南北，三品以下诸官皆在门外行礼。光绪入殿前，内阁大学士代读寿辞毕，由总管太监引领登排云殿台阶，进殿内，向慈禧奉上寿辞和如意。慈禧也向皇帝赐如意。皇帝退出后，皇后进殿，行三跪九叩礼。呜呼，未睹金银台，却见慈禧如神仙，端坐排云上。

签订《辛丑条约》后，慈禧虽保住了清王朝，却沦为外国侵略者的奴仆，六十七岁的她，苟且偷安而已。她从西安经长辛店回到颐和园仁寿殿，众官员即刻到此参拜老佛爷，一律哭倒在地，以示忠心。慈禧刚说了句"我乃近古稀之年的人，体力、精神越来越不济"，众臣又跪哭一番，仁寿殿早已无昔日的气象，慈禧也再无往日的风光。

智慧海佛教庙宇群，在佛香阁后，乾隆十五年（1750）建，内供无量寿佛。其庙宇皆用砖石发券砌成，外墙用两色琉璃装饰。殿宇庄重肃穆，艺术性极高。

英法联军侵园，智慧海以其坚石构筑而幸免于难。一九〇〇年，八国联军闯入颐和园，沙俄军队疯狂抢掠和破坏了智慧海。

万寿山山前的排云殿及其主体建筑佛香阁，将万寿山东西两侧的景点艺术地统一在一起，构成一幅和谐的风景画卷。

佛香阁之西，有宝云阁、五方阁和清华轩建筑群；佛香阁之东有转轮藏和介寿堂等景点。佛香阁两侧一组组楼、阁、廊、亭依山而建，登佛香阁内观赏山湖景色，犹身在画中游。

宝云阁为一精美建筑，其梁、栋、窗、格、椽、瓦及亭内供奉的佛像皆为铜铸，故俗称"铜亭"，或曰"铜殿"。宝云阁高两丈二尺余，重二百〇七吨。通体呈蟹青色，其造型精美，制作工艺复杂。宝云，系取东晋凉州和尚僧名。此僧在当时名声很大，杭州以此僧名冠名的山有"宝云山"、寺庙有"宝云庙"。宋代诗人苏轼游杭州时在其诗中有"宝云山前路盘纡"和"宝云楼阁闹千门"之句。

五方阁，位于宝玉阁后。其下有大石壁，壁上刻有花纹边框，供僧人诵经时悬挂佛像。"五方"，佛家语：东方青、南方赤、西方白、北方黑、中央黄。五方阁，意为聚五方色之阁，以此比喻天下归心。

清华轩，筑于宝云阁之下，原为大报恩延寿寺罗汉堂，光绪间与排云殿同时改建。清华轩南北轩皆五楹，东西厢各三楹。前庭有"八角莲池"，中架石桥。《日下旧闻考》记载，"罗汉堂为门三，南曰华严真谛，东曰生欢喜心，西曰法界清微。堂内分甲乙十道，塑阿罗汉五百尊……堂之东有亭，卧碣上勒御制五百罗汉记"。罗汉五百，雕塑生动，神形各异，为艺术珍品。

与宝云阁、五方阁、清华轩相对应，转轮藏与介寿亭位于佛香阁之东。转轮藏，是仿杭州法云寺藏经阁建造的藏经楼。正楼两层三重檐，顶盖琉璃瓦，上立福、禄、寿三琉璃小像。正楼两翼以两层弯廊接两配亭。因两亭各置一木塔——藏经架，八面均可藏经书和佛像，中有轴，设机关，推之可转，故名"转轮藏"。皇帝祈祷时，只需用手轻转木塔，即象征将全部经书诵读一遍。在转轮藏正楼前,在一汉白玉弥座上,矗一近三丈高的石碑。正面刻有乾隆御书"万寿山昆明湖"六字,背面镌刻乾隆御笔书《万寿山昆明湖记》,记述了凿昆明湖的目的和经过。该石碑气势宏伟,有大气象。

介寿堂在转轮藏之下,东西两殿皆有楹联。取名"介寿",语出《诗经·豳风·七月》"以介眉寿"。

听鹂馆西湖畔,有两层石船,名清晏舫,取"河清海晏"之吉意,船长十丈余,船体用大理石凿雕而成,船楼为木制,仿西洋造型。窗户为五彩玻璃,舱顶饰以雕砖。据载,慈禧住颐和园时,每日要在此用早膳和夜宵。

一九五五年,梁思成到谐趣园养病,他不断作画,只为留下园林艺术精品的容颜。那幅水彩写生《霁清轩门》,寄托了他对古建筑深深的眷恋,他的心灵是何等的纯净。

颐和园湖光山色,风光旖旎,殿宇恢宏,亭台精妙,而乐寿堂西跨院甚为奇巧。其北石阶上有扇面殿,殿前八条青石砌于石台之上,形如扇骨,相交于石台顶处一汉白玉雕成的扇轴处。

万寿山后,原有倚望轩、赅春园、方会寺、清可轩、善现寺、益寿堂、如意庄等四大部洲,其景观奇绝。英法联军掠夺后焚毁,只有五彩琉璃宝塔幸存,孤独地面对一片荒台废基,凭吊昔日的繁盛。

颐和园的风景美不胜收,除以上介绍的景观外,尚有知春亭、十七孔桥、西岸桃柳夹道长堤等,步步有景。园外借用西山、玉泉山之景,景物曲折多变,形成"景外有景,园中有园"

的布局，为世界著名游览胜地。

关于颐和园，还有个小插曲，值得一提。那就是清亡之后，逊帝溥仪在郑孝胥的建议下，命自己的老师英国苏格兰人庄士敦管理颐和园。

一九二四年，溥仪又买了一辆汽车，常带领妻妾、内务府大臣、护军统领等，在北洋政府军警的护卫下，登香山，游颐和园。这年年初，郑孝胥来北京，溥仪命他整顿内务府。郑见内廷开销日渐增加，财政亏空巨大，连庄士敦的房租都无法支付；便向溥仪提出整顿宫内财产等建议，并向溥仪推荐庄士敦管理颐和园事宜，以增加收入。起初，庄士敦欣然受命，到颐和园认真地干了一场。无奈这个外国老头岂能应付得了善于营私舞弊的旧官吏？搞了一阵子，毫无成效，他便心灰意懒。他从英国买来两艘精美的游艇，整天在旖旎的湖光山色中尽情游乐，到了星期天或假日，他还邀来京城友好，一道享受这迷人的皇家园林。

在溥仪被驱出紫禁城后，庄士敦也就结束了"帝师"的生活。庄士敦在牛津大学读书时，就研究东方古典文学和历史，并曾担任香港总督的私人秘书，来到北京后，他更是被这座古城和其所包蕴的文化所倾倒。至今，在京西风景宜人的樱桃沟，还留有他于一九二〇年建的别墅和"五柳先生祠"，里面曾供奉五柳先生陶潜和李白、杜甫、苏轼等中国文学大家，以及荷马、莎士比亚等外国大作家。

文书堆案眼从遮

——秘藏皇帝宝训实录的皇史宬

皇史宬在太庙之东南,为明代藏宝训实录处,清仍沿旧制,尊藏列圣实录及玉牒于此。玉牒,皇族的族谱。

吴元长按:宬与盛同义。《庄子》以匡宬矢。《说文》曰:宬,屋所容受也。但殿宇以此命名,于斯仅见。

《宸垣识略》载,"明嘉靖十七年秋七月,命建皇史宬于重华殿西,欲置金匮石室其中也",并敕阁馆诸臣重书《九朝宝训实录》藏之。

皇史宬左右各有一小门,曰"龘历",只知以龙为"龘",却不知此字读音。

皇史宬与普胜寺、普度寺,皆是明英宗所居南城旧宫遗址。普度寺,清初为睿王府,康熙时缩小规模,北部改建为玛哈噶喇庙,乾隆四十一年(1776)赐名普度寺。寺有黑护法佛殿,内藏铠甲弓矢,皆睿亲王之旧物。明皇史宬东南有门通河,俗谓骑马河,河上有涌福阁。向东沿河稍北,则是吕梁洪、东安桥。再北有涵碧亭居桥上。此河从北安门外文昌宫步粮桥入,经皮房、内织染局、御马监东、东安门桥下至长安左门外流出，流贯南城旧宫遗址侧。明陈惊以诗记明时骑马河：

> 河流细绕禁墙边，疏凿清流不记年。
> 好是南风吹薄暮，藕花香冷白鸥眠。

至明嘉靖时，南城旧宫已败毁，自旧址上建皇史宬、普胜寺、普度寺后，面貌已与南城旧宫迥异。英宗朱祁镇也早已被历史遗忘，不知皇史宬是否留下英宗的玉牒？

编纂于明永乐元年（1403）至永乐五年（1407），由明成祖朱棣命名的《永乐大典》，是一部中华文化遗产之珍品。共二万二千八百七十七卷，目录六十卷，共装一万一千零九十五册，约三亿七千余万字。朱棣亲自为《永乐大典》作序曰："纂集四库之书，及购募天下遗籍，上自古初，讫于当世，旁搜博采，汇集群分，著为奥典。"前后参与编辑此书者二千一百九十六人，辑入之书籍多达七八千种。此卷帙浩繁巨书，明嘉靖年间抄过一个副本，而永乐时之原本已不知何时被毁或遗失。《永乐大典》副本一直保存于皇史宬，至清雍正时，方移存东交民巷翰林院典籍库内。后在乾隆三十八年（1773）二月，开馆纂修《四库全书》时，发现《永乐大典》已丢缺一千余本，于是引出《永乐大典》被盗奇案。

万岁山雨锁龙楼

——景山与崇祯自缢的古槐

景山,一名万岁山,在紫禁城北门神武门对面,以一街相隔,为大内之镇山。相传山下皆石炭,以备闭城不虞之用。

《宸垣识略》载:景山"有五峰,上各有亭,俱供佛像。山旁翼以短垣,接东西围墙。有小门二,山后东曰山左里门,西曰山右里门。中南向者为寿皇殿,门内寿皇殿九间,供圣祖仁皇帝神御,有御制碑文。殿后东北曰集祥阁,西北曰兴庆阁。殿东为永思门,内为永思殿,又东为观德殿,仍明旧也"。据《英宗实录》载,万寿山在金时堆土成山,名为蓬莱;元时建殿其上,为禁苑,名为青山;明永乐时又将护城河之泥土堆于此山,取名万岁山,亦称煤山。

景山左门、右门,于万历十八年(1590)添牌。有玩芳亭,万历二十八年更名翫景亭,万历二十九年再更名毓秀亭。亭下有寿明洞,又有左右毓秀馆、长春门、长春亭。寿皇殿、万福阁下面有臻福堂、康永阁等。万福阁东有观德殿,又有永寿门、永寿殿、观花殿、集芳亭等,万历四十一年(1613)更翫春楼,万福阁西曰永安亭、永安门，乾佑阁下曰嘉禾馆。

景山左宽旷，为射箭所，故其殿名观德。永寿殿在观德殿东南，内多植牡丹、芍药。旁有大石壁立，色甚古。臻福堂西，有一树，衔铁云板于树内，仅露十之三，盖古物也。

观德殿，有护国忠义庙，塑关羽立马像。庙内林木阴翳，多植奇果。性德《景山》诗：

> 雪里瑶华岛，云端白玉京。
> 削成千仞势，高出九重城。
> 绣陌回环绕，红楼宛转迎。
> 近天多雨露，草木每先荣。

景山上五亭，为乾隆十六年（1751）建。其最高最宏伟者叫万春亭，内奉毗卢遮那佛。万春亭三重檐、黄琉璃瓦，四角攒尖式顶。东西两峰各有重檐绿琉璃瓦八角攒尖顶亭，东曰周赏，西曰富览。两亭外侧两峰又有两座重檐蓝琉璃瓦圆攒尖小亭，东曰观妙，西曰辑芳。每亭各奉一铜佛，分别代表酸、苦、甘、辛、咸五味神灵。五亭高矮错落，左右对称，与景山诸景统一和谐，极富东方建筑之美。而万春亭，处于北京南北中轴线之中心点上，又是全城最高点，可俯视气象万千的燕京古城。

景山见证了两段沧桑历史：一六四四年，李自成率农民起义军攻进北京，明崇祯皇帝见江山即将易手，遂逼死皇后刺伤公主。农历三月十九日，三十五岁的大明崇祯皇帝朱由俭自缢于煤山，死状悲惨。《明史》载，崇祯七年（1634）九月，敕量万岁山，自山顶至山根，斜量二十一丈，折高十四丈七尺。谁料十年之后，这位励精图治的皇帝，难挽朝政积习，殉于明。清入关，予以礼葬，庙号思宗。过去，曾在老槐树旁立一"明思宗殉国处"，现已无存。后又补种一棵树，补一木牌曰"明崇祯自缢处"。

一九〇〇年，八国联军攻入北京，在大肆掠夺、破坏京都珍宝、殿宇时，景山万寿亭中供奉的毗卢遮那佛也被毁，其他四亭供奉的四尊铜佛被掠走。此刻的大清国政治腐败，重蹈明朝覆辙，气数也无多了。

悠然虚者与神谋
——祭祀天、地、日、月之坛

坛,土筑高台,古时用于祭祀及朝会、誓盟等大事,《礼记·祭法》:"燔柴于泰坛,祭天也。"《左传·襄公二十八年》:"子产相郑伯以如楚,舍不为坛。"古时,视天、地、日、月、先农等为神,遂有祭祀风俗。北京的天、地、日、月坛即是祭诸神的场所。按冬至、夏至、春分、秋分四大节气分别祭祀天、地、日、月四神。

天坛

圜丘又称天坛,在正阳门外永定门之东,不少文献都说为明永乐十八年建,是明清两代帝王用以祭天和祈丰年的建筑。但据《元史·祭祀志》载,十二年,"于国阳丽正门东南七里建祭台,设昊天上帝、皇地祇位"。又据《宸垣识略》载:"郊天台在京城之南五里,即金大定时拜郊所建。"证明早在金元时,即设坛祭天。永乐扩建而已。"缭以垣墙,周九里十三步",主要建筑祈年殿、皇穹宇、圜丘分别建于南北轴线之上，道旁植柏，肃穆森严。古有天圆地方之说，《易·说卦》有"乾为天，为圜"。其主要建筑均为圆形，以象征天。祈年殿为三重檐的圆形大殿。大殿由十二根檐柱、十二根金柱、四根龙井柱组成三环柱网，四柱代表四季，两排十二木柱代表十二月和十二时辰，三层汉白玉台基，顶为蓝琉璃瓦，高十一丈余，径九丈，系木构建筑之珍贵遗产。圜丘为三层汉白玉石坛，北为皇穹宇，有回音壁。又有宰牲亭、井亭，"井泉甚甘冽，居人取汲焉""天坛生龙须菜，又益母草，羽士炼膏以售，妇科甚效"。天坛为我国现存精美建筑之一，极负盛名。明黎民表《雨后经天坛沙河》诗，描写了天坛的景物：

  平沙雨湿草茸茸，白玉高坛紫翠重。
  马上行人看不厌，石廊流水绕疏松。

张英《长至日上躬祀南郊恭纪》诗云：

  至日躔南极，初阳纪仲冬。
  绣裳添彩线，玉琯应黄钟。
  庆典同函夏，明禋掌秩宗。
  斋宫香雾绕，泰畤碧云封。
  视版临深殿，亲郊出九重。
  霜华迎翠辇，爟火照寒松。

> 登降闻天语，堂皇仰帝容。
> 瑶台三后配，黼帐百神从。
> 茧栗燔柴牨，星辰护烛龙。
> 祠官调宝瑟，舞羽间金镛。
> 一德符穹昊，群僚秉肃雍。
> 遥瞻苍璧荐，共睹紫烟浓。

《明宫史》记，"凡冬至圣驾躬诣圜丘郊天"。

李之芳《陪祀郊坛》诗，对祭天有形象描绘：

> 太乙瑶坛接露台，龙旗遥拂翠华来。
> 仙韶细度云门奏，玉殿初明泰畤开。
> 千尺炉烟天外转，九重黻佩月中迴。
> 祠官解有登封意，独向甘泉拥赋才。

圜丘清晓，銮舆隆重，韶乐飘飞，香烟缭绕，群臣肃立，场面壮观。

天坛曾为战场，遭炮火破坏。

丁巳年七月十二日，鲁迅日记曰："晨四时半闻战声甚烈，午后二时许止。事平，但多谣言耳。"七月一日，张勋复辟，挥师入京，拥戴溥仪"登极"。段祺瑞以拥护共和为名，于七月三日起兵讨伐张勋。所属航空兵向故宫投弹三枚，溥仪与遗老遗少慌恐万分。七月十二日清晨，段祺瑞所部向张勋部发动总攻，占领张勋所据之天坛。下午一时许，攻破张宅，张勋亡命荷兰使馆，鲁迅所云之"事"遂告结束。

一九三七年，北平沦陷之后，天坛神乐署被日军1855部队占领，在那里进行细菌武器研究。神乐署在天坛西门内南侧，建于明永乐十八年，原名神乐观，清乾隆年间改为神乐署，是明清皇家管理祭天时演奏古乐、培训祭祀乐舞人员的机构。日寇却在这斯文之地，研究反人类的杀人细菌武器。一九四三年，北平发生鼠疫、霍乱灾害，平民死亡近二千人。此灾难的元凶，正是日本的1855部队。日本军队的反人类的罪恶，已被牢牢钉在历史耻辱柱上，被后世谴责、唾骂。

原本已颓败不堪的天坛，又遭战火洗劫，只留下孤寂的祈年殿和千棵古松，诉说着那份问天无语、无地埋忧的怆怀。

一九四九年一月二十一日，中共与守城国军总司令傅作义将军，就保护北京古城基本达成北平和平解放协议。这时蒋介石来电，要派飞机接走十三军少校以上的军官及重要武器。傅作义遂复电蒋"遵照办理"，又急电致中共，请以天坛祈年殿为目标，炮击天坛临时机场，阻止蒋飞机着陆。几天的炮击击坏了祈年殿一角。电视剧《北平无战事》对此有呈现。

解放后，北京市第一届体育运动会在天坛举行。

地坛

地坛即皇帝祭地之坛，分内外两重，坛墙环绕，主要建筑在内坛。《清一统志》卷一:"地坛在安定门外北郊。"孙承泽《春明梦余录》卷十六:"明嘉靖九年建方泽坛。"为明清皇帝祭祀"皇城祇神"之地。方泽坛,形方,象地。方折约五十丈,深八尺余,阔六尺。泽中贮水。还有皇祇室、神库、宰牲亭、斋宫、神马圈、井亭、钟楼等七组建筑。

《明宫史》载,每岁夏至祭地。皇帝亲祭,或由亲王代祭,乾隆做亲王时,曾两次代雍正祭地。施闰章《夏至陪祭方泽》诗:

> 雨后仙坛碧芳草,遥闻玉露出芝房。
> 崇墉柏带青霜气,方泽波含明月光。
> 天仗旌旗严咫尺,精灵岳渎走苍茫。
> 朝来回辇西山见,五色晴云接建章。

日坛

日坛在朝阳门外东岳庙南,又名"朝日坛",明清皇帝祭祀"大明神"(太阳)之所。明嘉靖九年(1530)建。

《燕京岁时记》载,"京师于是日(中和节,二月初一)以江米为糕,上印金乌圆光,用以祀日。"《明宫史》也载,每年春分日(寅时)祭日,"圣驾春分躬诣朝日坛"。

《宸垣识略》载:"坛制方,西向。一成,方五丈,高五尺九寸,面甃金砖。陛四出,皆白石,各九级。圆墙周七十六丈五寸,高八尺一寸,厚二尺三寸。墙正西三门,东南北各一门。凡甲、丙、戊、庚、壬年亲祭，馀遣官，每年春分日祭以卯时。坛上金版朱书大明之神位。"

劳之辨有《朝日坛陪祀诗》，曰：

> 扶桑一出遍寰中，坛墠春风礼向东。
> 位首三辰光烛物，象尊两曜昼悬空。
> 经天度数乾坤合，扫地规模丘泽同。
> 九献告终归珮缓，金乌已射古坛红。

劳之辨陪祀诗，虽毫无诗意，纪实性却强，写出祭日月之景象。

月坛

月坛在阜成门外，是明清时皇帝祭祀"夜明神"（月亮）之地。

《明宫史》载，每年秋分日（亥时）祭月，"圣驾秋分躬诣夕月坛"。

《宸垣识略》记"坛制方，东向。一成，方四丈，高四尺六寸，面甃金砖。陛四出，皆白石，各六级。方壝周九十四丈七尺，高八尺，厚二尺三寸。壝正东三门，西南北各一门。凡丑、辰、未、戌年亲祭，馀遣官。每年秋分日祭以酉时。坛上黄版素书夜明之神位，东向。绿版金书二十八宿之神位、周天星辰之神位、木火土金水星之神位,俱南向"。

凡祭祀天地日月四神之典,皇帝必着祭服,神情恭敬地在神位上香,然后行三跪九拜之大礼,之后奉帛、献爵、进俎……全过程祭台灯火璀璨,韶乐悦耳,香烟袅袅。群臣肃立,仪仗威严,场面肃穆。

劳之辨作《夕月坛陪祀诗》:

> 冰轮夕曜配朝暾,设坎规模古制存。
> 尚白总依商帝色,位西仍避太阳尊。
> 节因小尽蓂留叶,魄待初生桂露痕。
> 忝窃列卿空应象,羞将衰鬓照银盆。

皇帝祭天地日月,一方面为祈祷上苍保佑江山永固、皇脉绵延,另一方面也表现出帝王对农桑的重视,求诸神赐福,年年风调雨顺,岁岁五谷丰登。因关乎江山社稷,历代皇帝皆圣驾躬诣。

帝京风物

一川风景夕阳中
——金章宗钦定"燕京八景"

说"燕京八景",有必要提及杭州的"西湖十景"。杭州西湖,乃世界闻名的旅游胜地,"西湖十景"之名最早见于南宋宁宗年间画院一位画师的山水画题记。可惜,年代久远,其画师为何人,已无可考。随时间推移,"西湖十景"渐演变为:苏堤春晓、平湖秋月、花港观鱼、柳浪闻莺、双峰插云、三潭印月、雷峰夕照、南屏晚钟、曲院风荷、断桥残雪诸景观。

北京"燕京八景"为金章宗完颜璟钦定。《日下旧闻考》载,南渡诗人若陈永平衡仲、张槃叔安、周密公瑾、奚㴋倬然,皆有西湖十景诗,而《北平旧志》载金明昌遗事有"燕京八景"。赵扩与完颜璟当属同时代南宋和金的两位君主,一个偏安于临安,一个定鼎于燕京,南北对峙。南宋王朝面对国破家亡,仍不改颓靡之风,依旧"浅斟低唱"纵情享乐,沉湎于"西湖十景"的温婉雅丽,不思进取。而女真人统治者,占领北京之后,受汉文化熏陶,大倡文治,弘扬美文。金章宗词写得好,如其《蝶恋花·聚骨扇》:

几股湘江龙骨瘦，巧样翻腾，叠作湘波皱。金缕小钿花草斗，翠条更结同心扣。

金殿珠帘闲永昼，一握清风，暂喜怀中透。忽听传宣须急奏，轻轻褪入香罗袖。

此词写诗人正在宫中欣赏折扇，忽闻侍官请其"传宣须急奏"，便将折扇藏于袖中之事。诗咏物最难，金章宗词取神而不取形，用意而不用事，而且寄意题外，文风冠绝一代。除此词及《软金杯》词外，余皆失传，殊为可惜。诗作如《宫中绝句》：

五云金碧拱朝霞，楼阁峥嵘帝子家。
三十六宫帘尽卷，东风无处不杨花。

写得典雅工致，一派帝王气象。以其才学见识，受"西湖十景"的启发，钦定"燕京八景"，以示从"武功"到"文治"王朝的繁盛，是顺理成章的事。同时，金代为吸取汉文化的精华，采取"引进"之法，后人称之"借才异代"（清人庄仲方《金文雅序》语）。"燕京八景"较之"西湖十景"，其意境文辞显然受女真文化质朴刚健的影响，有遒劲风骨。

《宸垣识略》载，"金明昌逸事有燕京八景，曰：居庸叠翠、玉泉垂虹、太液秋风、琼岛春阴、蓟门飞雨、西山积雪、卢沟晓月、金台夕照"。元、明、清人多咏之，或作古风，或演为小曲,"燕京八景"广为流传。明永乐年间,朝廷馆阁诸公,聚以切磋,遂改"蓟门飞雨"为"蓟门烟树"。诸公又为八景再加二景,"和者相属"。但所补二景,未被人接受,遂淹于岁月。又据乾隆年间一位饱学而潦倒的文人吴长元所记:"乾隆十六年,御书八景,改垂虹曰趵突,积雪曰晴雪,其烟树则仍明旧,皆勒石;又御制小序并诗。"

居庸叠翠

金章宗定燕京八景"居庸叠翠"为八景之首。

《日下见闻考》载:"居庸去北京九十里,在昌平县西北三十里。关之中延袤四十余里,两山夹峙,一水旁流,骑通连驷,车行兼辆。先入南口,过关入北口。关中有峡曰弹琴,道旁有石曰仙枕,两崖峻绝,层峦叠翠。又有石城,横跨东西两山,南北设二门,敌台十二,置军卫以守之。《淮南子》云,天下有九塞,居庸其一焉。南眺临军都,亦谓之军都山。以兹山苍翠秀丽,故曰居庸叠翠。"

何谓"九塞"?《吕氏春秋》有答:"大汾、冥阨、荆阮、方城、崤、井陉、令疵、句注、居庸。"皆险要之关隘。秦汉时,居庸关即设关卡,一处悬崖凿有"天险"二字。

现存居庸关城,为明初太祖朱元璋所建。关城周长十三里,城墙高四丈,南北有城门。上悬嵌石匾"居庸关"三字,传为代宗朱祁钰时题。西城门门额匾题"北门锁阴"四字,东城门门额有"居庸外镇"四字,为明弘治十八年(1505)题。关内有云台,汉白玉所砌。台上矗石塔三,称过街塔,为元至正五年(1345)顺帝时修建,明初毁废。明正统四年在塔旧址建泰安寺,康熙四十一年(1702)又毁于大火。今之云台,即泰安寺基座。半六角形券顶,券门石壁上刻有四大天王,形态生动,刻工精巧,壁上尚有《陀罗尼经》及《造塔功德记》,用梵文、藏文、八思巴文、维吾尔文、西夏文、汉文六种文字所刻。

居庸关地段的长城,都建在崇山深谷之中,每隔半里,有高台,砌垛口,供守军巡视放哨。城墙上又筑敌台,上下两层,下层供士卒居住,上层有瞭望、射箭、放烟火的垛口。城墙之险要处,又筑战台,存放兵器。这段长城地势险峻,易守难攻。

居庸关地势险要,是战略要地,居庸关又处于秀山翠谷之中,风景奇绝。明时,人们将居庸叠翠细分为"居庸八景":

一曰玉关天堑,指关隘横亘峻山,扼守京师,谓之天堑;二曰石阁云台,城中有方台,汉白玉砌成,券门雕刻精美,半六角形券顶,满布曼陀罗图样,花中刻佛像,与四大天王相对映,美不胜收,有"云中石阁"之称,"望之如在云端";三曰叠翠联峰,青翠峰峦呈重叠状,故曰;四曰双泉合璧,关城东有双泉,喷珠溅玉;五曰汤泉瑞霭,关城东有双泉,西城西有温泉,热气氤氲,如霭;六曰琴峡清音,关城北五龟山下,有细泉,滴水叮咚如琴鸣;七曰驼山香雾,出关城南十二里,有山如驼形,每逢阴雨,有雾弥漫;八曰虎峪晴岚,城南二十五里,有岭,晴空之下,形若虎踞。

乾隆有七律诗写居庸之景：

居庸天险列峰连，万里金汤固九边。
雄峻莫夸三峡险，崎岖疑是五丁穿。
岚拖千岭浮佳气，日上群峰吐紫烟。
盛世只今无战伐，投戈戍卒艺山田。

玉泉垂虹

玉泉，指京西玉泉山之泉。《宸垣识略》载：玉泉山在瓮山北青龙桥西，金章宗建行宫于此，元明以来，此地皆为幸游之所。

玉泉山以泉名。泉出石罅，潴为池，广三丈许。水清而碧，细石流沙，绿藻紫荇，一一可辨。池东跨小石梁，水经桥下东流西湖（昆明湖）。山顶有金行宫芙蓉殿故址，相传章宗尝避暑于此。玉泉山土纹隐起作苍老鳞。沙痕石隙，随地皆泉。山阳有巨穴，泉喷而上，淙淙有声，或名之喷雪泉。有御书"玉泉趵突"四字，为燕京八景之一。

元时诗人王恽《重游玉泉》诗：

峰头乱石斗嵯岈，水底浮光浸碧霞。
绝似苏门山下路，惜无修竹与桃花。

如果说王恽诗中对玉泉尚有憾意，那么明代刘大夏《玉泉道中》诗，则满是赞叹：

> 晚来联骑踏晴沙，风景苍苍一望遐。
> 几处白云前代寺，数村流水野人家。
> 莺啼别墅春犹在，马到西山日未斜。
> 回首不知归路远，九重宫殿隔烟霞。

乾隆甚喜玉泉山之泉水，封之为"天下第一泉"，并有诗咏之：

> 涌湍千丈落垂虹，风卷银涛一望中。
> 声震林梢趋众壑，光浮练影挂长空。
> 跳波激石珠丸碎，溅沫飞花玉屑红。
> 自此恩波流处处，公田时雨泽应同。

第一句点题，以下写飞泉之状、之势、之声，最后表明要做恩泽庶民的明君。

太液秋风

太液池，指中南海和北海。《宸垣识略》云："太液池：池在西苑中，南北亘四里，东西阔二百余步。旧名西海子。"《日下旧闻考》载:"太液池在西苑,中亘长桥,列二华表,曰金鳌、玉蝀。北为北海,南则瀛台。"

太液秋风之景在蕉园(中海)东侧"水云榭"。此小亭建于湖畔不远的水面上。秋时,金堤柳烟,满池荷花,翡翠层楼,月光凫藻,秋风岚岚,一处绝佳秋景,故曰太液秋风。

太液池,原古地名。汉代太液池亦称莲蓬池,在长安建章宫北。唐太液池在长安城北大明宫北。北京太液池,元称西华潭,明称金海。今称北海、中海、南海。

清施闰章《西苑晓行》诗,写太液秋景,诗中有"翡翠层楼浮树杪,芙蓉小殿出波心"句。

乾隆御制《太液秋风》诗:

> 秋到宸居爽籁生,玉湖澄碧画桥横。
> 荷风晚送残香气,竹露凉敲绿玉声。
> 翠合三山连阆苑,波涵一镜俨蓬瀛。
> 由来禁籞林泉好,行乐还同万物情。

琼岛春阴

琼岛,凿太液池(北海)之土,垒砌而成之山。《日下旧闻考》载:琼岛在皇城西北苑中。下瞰池水,环以雉堞,地势坡陀,叠石为山,堑岩磊砢,层叠而上,石磴阴洞,萦纡蔽亏,乔松古桧,深翳森蔚,隐然神仙洞府也。谓之大山子。山顶有广寒殿，殿之四隅各有亭。左二亭曰玉虹、方壶，右二亭曰金露、瀛洲。山半有三殿，中曰仁智，东曰介福，西曰延和。其下太液池……山之上常有云气浮空，氤氲五彩，郁郁纷纷，变化翕忽，莫测其妙，故曰"琼岛春云"。

为何又言"琼岛春阴"？乾隆在诗中说得透彻，"当春最是耕犁急，每较阴晴发浩歌"。乾隆按《周易》之说，东方代表春季，稼穑最盼春雨，春阴，祈雨也。

乾隆"立碣山左"，御书"琼岛春阴"四字刻于上。碑背镌其诗：

> 琼华瑶岛郁嵯峨，春日轻阴景色多。
> 云护凤楼松掩映，瑞凝仙掌竹婆娑。
> 低临禁苑滋苔藓，远带郊畿荫麦禾。
> 更向五云最深处，好风时送九韶歌。

蓟门飞雨

"蓟门飞雨"，后改为"蓟门烟树"。《宸垣识略》载："土城关在德胜门外，相传是古蓟州遗址，亦曰蓟邱。旧有楼馆，并废，但门存二土阜。旁多林木，蓊翳苍翠，京师八景有蓟门烟树，即此。"又《日下旧闻考》记，"至永乐间，馆阁诸公相集倡和，更蓟门飞雨为蓟门烟树"。《京华古迹寻踪》推测更名原因时说："因为时光流逝，沧海桑田，明代时蓟门的景色已与金元迥然不同，金元时蓟门楼馆林立，至明永乐时这些建筑早已荡然无存，代之而起的是葱郁广袤的林木，遂改名为'蓟门烟树'，使它名副其实。"言之有理。试想，雕梁画栋、"凌空缥缈"的楼馆，在飞雨中，当是妙景；楼馆废毁，树木蓊然，苍苍蔚蔚，晴烟拂空，云蓟门烟树，则别有意境。乾隆两作《蓟门烟树》诗，其一：

> 苍茫树色望中浮，十里轻阴接蓟邱。
> 垂柳依依村舍隐，新苗漠漠水田稠。
> 青葱四合莺留语，空翠连天雁远游。
> 南望帝京佳气绕，五云飞护凤凰楼。

乾隆所赋"燕京八景"诗皆七律，多无意境，少有识度，庸絮糅杂，但有纪实性，权当为"燕京八景"存证吧。其题"蓟门烟树"之碑，今仍立于土城公园，供人观赏，而天子却化泥成尘了。

西山积雪

西山峰岭层叠，高寒，故易积雪，望如削玉。刚喜应时霭快雪，便教"群山换银装"。望西山积雪凝玉，美不胜收。《日下旧闻考》云："西山诸兰若，白塔无虑数十，与山隈青霭相间……春夏之交，晴云碧树，花香鸟声，秋则乱叶飘丹，冬则积雪凝素，信足赏心，而雪景尤胜。"

西山有"西山晴雪"碑，乾隆御书。乾隆有诗：

> 银屏重叠湛虚明，朗朗峰头对帝京。
> 万壑晶光迎晓日，千林琼屑映朝晴。
> 寒凝涧口泉犹冻，冷逼枝头鸟不鸣。
> 只有山僧颇自在，竹炉茗碗伴高清。

卢沟晓月

卢沟桥，位于广安门外二十六里，架永定河上，是金代留给我们的举世闻名的一大杰作。当时，卢沟河自宛平，经大兴，至东安、武清入白河，即桑乾河故道，亦谓黑水。水色最浊，其流湍急，奔腾似箭。金大定二十九年（1189），于卢沟河建桥，至明昌三年（1192）桥建成。桥"长二百余步，左右石阑，刻狮子数百"，情态各异，栩栩如生。其桥为十一圆孔石拱桥。元至正十四年（1354），在卢沟桥造过街塔。康熙三十七年（1698）重修，改卢沟河为永定河。乾隆间设分司管理，又敕建永定河神祠于卢沟桥侧。

为何建卢沟桥？《金史》有记载："大定十年议决卢沟以通京师漕运，上忻然曰：'如此，则诸路之物可径达京师，利莫大焉。'命计之，当役千里内民夫，上命免被灾之地，以百官从人助役。"大定二十八年（1188），诏卢沟河使旅往来之津要，令建石桥。二十九年，以涉者病河流湍急，诏命造舟，既而更名建石桥。明昌三年三月成，勅命名曰广利。此桥建成，接通南北往来大道，对金之经济、交通、军事起到重要作用。桥建成一百多年后，意大利旅行家马可·波罗游历中国后，在其《马可·波罗行记》一书中，赞卢沟桥曰，"桥两旁皆有大理石栏，又有柱，狮腰承之。柱顶别有一狮。此种石狮巨丽，雕刻甚精。每隔一步有一石柱，其状皆同"。并称，它是"世界上最好的、独一无二的桥"。从此，卢沟桥名扬天下。

金代赵秉文，礼部尚书，工诗文书画，有《卢沟》诗：

> 河分桥柱如瓜蔓，路入都门似犬牙。
> 落日卢沟沟上柳，送人几度出京华。

诗平实，却有纪实之效。元杨奂也有《出郭作》诗：

> 燕姬歌处啭莺喉，燕酒春来滑似油。
> 自有五陵年少在，平明骑马过卢沟。

明顾起元《卢沟桥》诗：

> 西山笼雾晓苍苍，一线桑乾万里长。
> 最是征夫望乡处，卢沟桥上月如霜。

此诗已赋予卢沟故乡的象征意义,为诗中上品。宋荦、沈德潜也有写卢沟桥的诗,多抒怀,无更多意蕴。

卢沟桥东,有座汉白玉碑亭,石柱石栏,皆雕龙及云纹,精美壮伟。亭立石碑,上刻乾隆所书"卢沟晓月",与桥西康熙"察永定河诗"碑遥相呼应。"卢沟晓月"碑阴,有乾隆《卢沟晓月》诗:

> 兰若霜钟断续鸣,卢沟晓月正西横。
> 苍烟淡接平芜迥,曙色才分远水明。
> 傍岸人行闻犬吠,霓波风动见鱼惊。
> 车驰马骤长安道,何限低徊旅宦情。

《日下旧闻考》载:"桥上两旁皆石栏,雕刻石狮……两崖多旅舍,以其密迩京师,驿通四海,行人使客,往来络绎,疏星晓月,曙景苍然,亦一奇也。卢沟晓月为京畿八景之一。"此语道出何以称卢沟晓月之缘由,十分贴切。

卢沟晓月,在羁旅者眼里,乡关遥遥,京都也远,多少有点苍凉之感,也便有些凄美。但卢沟桥于一九三七年,经历了"卢沟桥事变",它傲视日寇,充满了血性和悲壮之色。

一九三七年七月七日,日军在卢沟桥附近演习时,借口一名士兵失踪,要求进宛平城搜查,遭我守军第二十九军严拒,日军遂向我守军开枪,并炮轰宛平城,我军以血肉之躯抗击,卢沟桥见证了全面抗战开始的历史时刻。

金台夕照

《宸垣识略》说:"金台在永定门外东南三里许,岿然土阜,有亭勒御书金台夕照四字,为燕京八景之一。"

明林环写《金台夕照诗》:

> 高台曾此置黄金,人去台空碧草深。
> 落日未穷千里望,青山遥映半城阴。
> 雁将秋色来平野,鸦带寒光过远林。
> 昭代贤才登用尽,不须怀古动长吟。

金台已见苍凉。游者登台或在远处极目眺望,于夕阳之中,徘徊流连,寄其遐想——此处实在是一富有诗情画意的胜境。曹仁虎有《黄金台》诗:

> 穹台百尺蓟邱边,北面犹思事隗年。
> 未必悬金能致客,只缘拥篲善尊贤。
> 甘棠世胄遥分召,析木封疆竟霸燕。
> 莫向通霞同吊古,从来求士胜求仙。

写出燕昭王求贤若渴。但金台究竟在何处,因文献多语焉不详,至今仍众说纷纭。

有金台，才有金台夕照。郦道元《水经注》说金台，"下都，馆之南垂"。《日下旧闻考》说得详细："金台有三处，并在易州，易水东南。去县三十里者曰大金台，今在大兴县境。去县东南十六里者曰西金台，去县东南一十五里者曰小金台。"之所以建金台，系战国时"燕王尊郭隗，筑宫而事之，置千金于台上，以延天下士，遂以得名"。金台既在易州，与燕京八景之金台夕照何干？

燕之后一千多年，金建都于北京，为效仿燕王招贤纳士，也在北京筑黄金台。有了金台，自然就有了北京金台夕照之景。金时金台建在何处，文献所记多有矛盾，莫衷一是。元代纳新在《南城咏古》诗注中说，金台在大悲寺阁东南隗台坊内，大约是现白纸坊。《日下旧闻考》载："今朝阳门东南岿然土阜，好事者即以实之。所传古迹，大率类是。"指出那个土丘被人穿凿附会说成金台。今天国贸北一站命为金台夕照，大概缘于此说。

这样看来，北京也如易州，有三座金台：一在白纸坊，一在朝阳门外，一在永定门外。燕京八景之一，金台夕照当只有一处，而垂之记载，形之歌咏，所当三处并存，岂不怪哉。

依愚见，吴长元所记靠谱。吴与乾隆同时，乃饱学之士，久居北京，又官为公卿雠校文艺，必多次游访金台胜景，目睹乾隆"金台夕照"御笔。

乾隆写燕京八景金台夕照诗《吊燕台》：

燕台遥望澹烟濛，返照依稀禁籞东。

是处人家图画里,一川风景夕阳中。

溪头棹响归渔艇,牛背箫声过牧童。

千古望诸留胜迹,几回凭吊向西风。

燕台,在永定门外南半里许,立有御碑台,勒御制帝都篇等,台高二丈许,缭以周垣。燕台位于金台西北二里,在金台"遥望"可见。

禁籞,皇家禁苑,应是金台东北"依稀"望得到的天坛。乾隆诗与吴长元之说相佐。金台夕照之景,应在此处。

燕京古今,水流云渡,有些事儿或难以说清,但燕京八景之金台夕照,至今仍给我们留下无限诗情画意的遐想。

暮鼓晨钟东长歌
——钟楼、鼓楼相对望

永定门、正阳门、天安门、端门、午门、太和门、乾清门、神武门、地安门，九门从南往北，在一条线上，长约七点八公里，俗称中轴线，有"北京脊梁"之誉。

除地安门外，其他八门现在仍存，所谓中轴上的"宝珠"已残缺不全。

地安门原址在景山北，俗称厚载门，北对鼓楼。据史料载，地安门始建于明永乐十八年，清顺治年间重修，改名为地安门，与天安门相对称。地安门是座砖木结构的宫门式建筑。据说，地安门要"南移重修"。

史料载：明制，皇城外红铺七十二座，铺设官军十人，夜巡铜铃七十有八，贮长安右门。初更，遣军人一一摇振，环城巡警，历西安、北安、东安三门，俱会长安左门而止。每十铃以兵部火牌一面，后复造木牌五十六面，付五门验发铃、收铃之数。弘治间失二铃，共七十有六，一一交递尽而天明矣。

这讲的是明代官军夜间巡逻情况。那时皇城内居民甚稠，昼夜行人颇多，故东安门、西安门、地安门三门闭而不锁，"民有延医接送殡者"，不拘时间，在军人的击柝声中，得以自由出入。

与地安门同年修的钟鼓楼，在地安门北，鼓楼在前，钟楼在后，相距一百米。两楼一红一灰，色彩极为和谐，略有高低，错落有致。鼓楼击鼓定更，钟楼击钟报时，谓之"暮鼓晨钟"，百姓闻钟而起，听鼓而卧，城市便有了生命的律动和灵性。

《宸垣识略》载，鼓楼"旧名齐政楼，元建。上置铜刻漏，制极精妙，故老相传以为先宋故物。其制为铜漏壶四：上曰天池，次曰平水，又次曰万分，下曰收水。中安铙神，设机械，时至则每刻击铙者八，以壶水漏为度，涸则随时增添，冬则用温水云"。清乾隆时，鼓楼不用铜壶等物，唯以时辰香定更次。其漏壶室犹在，铜刻漏已失，无考。

元建之齐政楼，乃元时城门上漂亮的楼。东为中心阁大街，再往东即元大都治所；南即什刹海桥及澄清闸；西，斜街过凤池坊；北，钟鼓。齐政楼居元时都城中心，楼下三门。楼东南系热闹街市。西斜街（今烟袋斜街）多有歌台酒肆。楼左右多柴米油盐店铺。既为贵官游赏之地，也是百姓购物的市场，极为繁荣。所谓齐政楼，取自《书·舜典》，"在璇玑、玉衡，以齐七政"。古今"齐政"二字多义。

钟楼，旧址即元代至元间建的万宁寺中心阁（《析津志》载，中心阁旧迹俱无考）。明永乐年间，在其址建钟楼，后毁于火；乾隆十年重建。《宸垣识略》记，"钟楼之制，雄敞高明，与鼓楼相望，有八隅四井之号。盖东西南北街道最为宽广。至元中建，阁四阿，檐三重，悬钟于上，声远愈闻之"。

悬于楼上的大铜钟，有"大明永乐年某月某吉日制"痕迹，堪为中国古铜钟之最。该钟悬挂于八角形的钟架之上。钟高七米余，直径三四米，重六十三吨，为我国钟之最大最重者，被称为古钟之王。其钟声雄沉圆润、绵长悠扬，可传之京城大部，故有"声远愈闻之"之说。

自古以来，铸钟具有警示之用，钟被视为公器。《咸平集·钟铭》载："德修于内，声闻于外。行积于身，名彰于人……随以忠告。恢廓尔量，俾人法象。无以铮铮，所不足尚。"

唐代另一诗人李程作《鼓钟于宫赋》：

> 征鼓钟于前闻，诚修身之善喻。始自中出，终能外布……闻之者足可以自诫，听之者于焉而发聪。若然，则处暗室者可以慎独……合五音而中矩，必将察理乱之变，明是非之至，播洪音于万钧，在敏手而一鼓。由审音而听焉，钟之为喻，警夫行道之人……夫钟之所响，响而见听，人之所慎，慎于未形，虽扣之而在寝，必闻之而盈庭……故君子之听钟，非其铿锵而已。

当然，古时钟鼓还有传递军令报警，为都人报时，夜禁辟邪打更等用处。

癸丑年（1913）六月二日下午，鲁迅同教育部"夏司长、戴芦舲、胡梓方赴历史博物馆观所购明器土偶，约八十余事"，后，"途次过钟楼，停车游焉"。

战国鲁尸佼《尸子》有，"钟鼓之声，怒而击之则武，忧而击之则悲，喜而击之则乐。其意变，其声亦变"。古老的钟鼓声，在漫长的岁月中，奏出的多是忧和悲，构成了古都的基调。

二〇〇一年末的午夜十一时五十七分，沉寂了近百年的鼓声再度敲响，为改革开放取得伟大成就的北京庆功，乃是"喜而击之则乐"之声。

滂沱满眼水层波
——西海子与飞放泊

老北京有五大水系,水资源极为丰富。北京母亲河永定河多次泛滥改道,留下许多湖泊、海子、沼泽。因此植被丰富,风光旖旎。

《北京土语词典》载,海子"指湖泊"。《日下旧闻考》说,"海子之名见于唐季,王镕为镇帅,有海子园"。又说:"北人凡水之积者辄目为海,若宝坻之七里海,昌平北之四海冶,是也。"

北京有名的海子有二,一西海子,即积水潭、什刹海;一南海子,都人称之为飞放泊。两海子一南一西,一城一郊,乃燕都百里山河之胜景,也是水路交通之要地,滋养了富庶秀丽的北京。

禁城中外海即西海子。湖水来自西山一亩、马眼、龙泉、冷水、玉泉诸泉,绕出瓮山后,汇为七里泺,迂回向西南数十里,称高梁河。将进城,分为二支,一支外绕都城开水门,注入积水潭；一支绕紫禁城，出巽方，流入玉河桥，合外隍，汇大通河。舟船货物，直达城内。

内海子有桥通御园。元时，开通惠河，立碑，有云，"取象星辰、紫宫之后，阁道横贯，天之银汉也"。桥名海子桥，元马祖常《海子桥》诗，可证"有时驯象浴"：

> 南望蓬莱观，行人隔苑墙。
> 有时驯象浴，不见狎沤翔。
> 宫树飘秋叶，江船认石梁。
> 辟雍真可作，拟赋献文王。

> 朝马秋尘急，天潢晓镜舒。
> 影圆云度鸟，波静藻依鱼。
> 石栈通星汉，银河落水渠。
> 无人洗寒露，为我媚芙蕖。

明时，海子桥北，宣德年间建海印寺，后改慈恩寺，内有镜光阁，已废。明范言作《镜光阁》诗：

> 寻芳偶到慈恩寺，石榻山僧入定时。
> 独上镜光开晓阁，坐看云气动春池。
> 行厨竹里烟初禁，御漏花前日正迟。

寂寞东房无好约，青袍白马欲何之？

自明，海子截成两段：近德胜门者为积水潭，稍东南者为什刹海。

元时，西海子风景秀美，岸边亭台、楼阁、庙宇鳞次栉比。万春园是新科进士恩荣宴后之观景地。西岸有药王庙，明大宦官魏忠贤所建。南岸有海子桥，俗称三座桥。道有银锭桥，因单孔石拱桥像元宝，故得名。此地乃燕京小八景之一"银锭观山"。《帝京杂咏》：

银锭桥连响闸桥，湖光山色隐迢迢。
碧峰一寺夕阳下，月光荷花通海潮。

吴岩有《沿银锭桥河堤作》：

短垣高柳接城隅，遮掩楼台入画图。
大好西山衔落日，碧峰如嶂水亭孤。

都是写银锭观山之妙。银锭桥附近还有一李广桥，李广非汉时飞将军，而是明弘治年得宠太监。他在岸边建私宅，引海子水进宅绕一周，可见其跋扈。

每岁六月初六，海子有洗马之习。那日由仪仗队引导，皇家骏马列队到海子，由骑手洗沐。夏日，还有御象到此沐浴、交配。当时皇家养象很多,明在宣武门内设象房,由锦衣卫负责监管。凡遇朝会,众象驾辇、驮宝出游。平日上朝,六象列队于午门。每到海子浴象之时,人山人海,热闹非凡。

传说,西海子有斗牛,即虬螭之类。雍正冬季斋居海子时,某夜宫女突见一巨虬蜿蜒在殿脊墙头,立刻惊吓倒地。雍正闻之,曰:"此宜处山后,何为在此骇人乎?"当夜,宫人听得海子里有翻江倒海之巨响。次日晨,宫人往视之,但见封冻的水面,裂有一巨缝,斗牛不知去了何处。

海子胜景,让历代文人墨客为之倾倒。大书法家赵孟頫有《大都红墙外海子上即事》诗:

> 白水青山引兴多,红裙翠袖奈愁何。
> 只从暮醉兼朝醉,聊复长歌更短歌。
> 轻燕受风迎落絮,游鱼吹浪动新荷。
> 余杭溪上扁舟好,何日归休理钓蓑。

发酒可醉人,景更醉人之慨叹。同朝大画家王冕,赴京后不就翰林官职,卖画为生,独喜海子风光,常流连其岸,歌曰:

> 燕山三月风和柔,海子酒船如画楼。

德胜门外,龙华寺西有十刹海,"明万历中三藏僧徧融建",清康熙三十年(1691)重建。《宸垣识略》载:"十刹海方五十亩,室三十余间,相比如号舍,佛殿亦分一舍,不更广也。"

明释懿修《十刹海》诗:

> 十刹海非刹,凝然古德风。
> 市居岩壑里,门向水田东。
> 耆宿推三藏,师资事偏融。
> 乞随瓢偃仰,立俨岳衡嵩。
> 听法俱高衲,执巾无侍童。
> 直言等贵贱,醒语破愚蒙。
> 僧不骄恩币,佛宁藉像工?
> 平平数椽屋,密密六时功。
> 哀悯西山寺,游观额大雄。

十刹海有真武庙,明李东阳《过真武庙怀朱文鸣故友》诗:

> 森森苍波白鹭飞,苔痕长满钓鱼矶。
> 松阴不改三株树,鹤梦还醒一羽衣。
> 细数邻家遗老尽,久怀同学故人稀。
> 沿流不觉寻诗远,把酒看花事事违。

不说诗中多抒对故友的怀念,只说诗中之十刹海水域开阔与海子相连,构成烟波浩渺的景观。

民国七年（1918），著名作家、学者俞平伯游海子，赋诗曰：

> 频有焦骢陌上嘶，风蝉寥戾过杨枝。
> 楼头灯影楼前月，醉里情怀似旧时。

俞平伯，江南才子，以研究《红楼梦》有成，为红学界之翘楚。自年轻时至京，直到终老，对京华颇有感情。

如今往事成烟，而海子还在消蚀。一九一八年曾任内阁侍读、官至四品的梁巨川（梁漱溟之父），不满时政，自沉净业湖。"文革"中作家老舍，为捍卫人格尊严，投太平湖自尽。两小湖皆是西海子消退后遗下的野湖，今已踪迹全无。

南海子，元时人称飞放泊，后叫南苑，在永定门外二十里，因有五水，故以海子名。南海子在明清时是燕京一处风景极佳的所在。凉水河绕海子苑墙而流，河水清澈，岸边绿柳成荫，河畔稻田碧绿，苇塘一望无际。凉水河上，有永胜、大红门诸桥。凉水河畔之北有九龙山，乃三座土山，高十余米，长三里。再北有北京"五顶"之一的碧霞元君庙，俗称南顶。碧霞元君，道教神名，传说是东岳大帝之女，宋真宗封为"天仙玉女碧霞元君"。此庙有两座牌楼，四柱三券门式，庙顶为筒瓦大歇山顶，五彩重昂斗拱。《宸垣识略》记："九龙山在南顶永胜桥北岸，乾隆间疏浚凉水河之土堆成。自西至东，约长三里，高二三丈不等。

委蛇起伏,宛如游龙,环植桃柳万株。开庙时,游人挈榼敷席群饮。夏木阴阴,水田漠漠,不减江乡风景也。"

史载,明、清两朝,凡四百六十余年,累计有十位皇帝一百三十余次游幸南海子。其中,顺治皇帝在南海子驻跸时间最长。为南海子写下诗赋最多的是乾隆皇帝,约留下四百首。至今,麋鹿苑尚存乾隆诗碑,上面镌刻其咏南海子之诗。当时南海子设海户一千六百人,每人给地二十四亩,春种冬狩,以贡朝廷。南苑筑土城,设九门。正北叫大红门,有更衣殿、官署房三层十八间。东向称小红门,明在此设衙门。总尉一人,正四品。清顺治重修,门殿四层,皆有御书联额。南海子内有晾鹰台。晾鹰台高六丈,径十九丈,周二十七丈。曾经是元代仁虞院。临三海子筑七十二桥。明天顺三年(1459),修南海大红桥和七十五座小桥。至顺二年(1331),筑柳林海子堤堰。查慎行《南海子》诗曰:

红门草长少飞埃,万顷平畴掌上开。
一道修眉浓似画,近南遥识晾鹰台。

魏之琇也有诗,

晾鹰台迥接沤汀,民乐咸歌囿沼灵。
七十二桥虹影度,骑郎争放海东青。

晾鹰台西北，有蚂蚁坟。蚁集成丘，年年增高，可二丈余。当地人称沙龙。相传，当年辽兵伐金，全军覆灭于此。

元时，每岁冬春之交，天子皆亲到此围猎。纵鹰隼搏击，故曰飞放泊。张英用诗描绘了皇家围猎盛况：

> 时平讲武近歧阳，甲胄蒐春出建章。
> 洛水旌旗周甫草，西京词赋汉长杨。
> 御围云气成龙虎，天厩星精本骕霜。
> 画戟雕弓森羽卫，射生群与奉君王。

金德瑛也有《南苑大阅恭纪》：

> 组练飞驰捷羽翰，城南草净列营宽。
> 六师尽职尊尊谊，万乘亲升将将坛。
> 鼓角涛喧惊野外，旌旗云合映林端。
> 正当雪积霜凝候，挟纩恩深士不寒。

此类"大阅恭纪"诗不少，大都写皇家狩猎的威严雄武，多是恭维拍马之谀颂，但诗中记录了皇家围猎的盛况，让我们开了眼界。

清代，南海子也一度鼎盛，每逢春节，皆举行"殪虎之典"。八旗尚武士兵，与猛虎搏斗，待虎也疲惫之时，皇帝亲与虎斗，然后以剑刺虎死，众王公大臣、御林军官兵，高声喝彩，山呼万岁。

《彭公案》有记,武林高手金标黄三太,于三月初九,康熙帝至南海子围猎时,得九门提督飞天豹武七提携,假冒武弁混进出猎御林军。行至南苑晾鹰台,康熙下令开始殪虎。众虎枪营士卒,将放出的猛虎团团围住,拳棒轮番之后,虎已无威可施,伏地喘息,康熙适时催马前来,挥剑一刺欲毙虎之命。孰料那虎却一跃而起,猛地扑向康熙。康熙倒也敏捷,在万众惊呼之际,拨马便逃,老虎穷追不舍,眼看高高跃起将康熙扑倒,在这千钧一发之时,黄三太及时赶到,飞手甩出一镖,正中老虎面门,老虎即刻摔地而死。康熙大悦,脱下黄袍,赏给黄三太。

南海子,乃皇家"围场",有"麋鹿苑"。养有如熊猫般唯中国独有的麋鹿,称海子鹿,俗叫四不像,后绝迹。二十世纪末,英人赠我麋鹿数只。麋鹿重归故里,让人不禁感慨。

据清吴长元云,"南苑、西苑、畅春、圆明等处宫室亭台,历年御制题咏甚多"。南海子如饮鹿池、昆仑石、双柳各景,都有御笔题词,只现都已成泥作尘;但在南海子发生的历史名人的故事,至今仍在流传。史载,元代南海子有名妓张怡云,能诗词,善笑,当时名重京师。当朝大才子赵孟頫与其交好,常画怡云像赠之。平日,赵孟頫与翰林学士姚燧常去张怡云家小酌。一日,姚燧偶言"暮秋时"三字,张即应声且歌且笑曰"暮秋时,菊残犹有傲霜枝"。姚还赠张《寄征衣》:

欲寄君衣君不还,不寄君衣君又寒。

>　寄与不寄间，妾身千万难！

这首小令在京城广为流传，并被人记在别集笔记间。文人墨客的诗文，让后人还可依稀看到北京海子的昔日风光。

南海子见证过繁盛。不少与历史相关的盛事，在这里发生。据《清史稿》载，康熙十四年三月，内蒙古察哈尔部落首领布尼尔，趁清军集中力量围剿三藩之际，在东蒙辽西一带，举兵叛乱，声势颇大。康熙派大将军鄂札，率兵数万进剿布尼尔之叛军。两个月即将之剿灭，为平三藩解除了后顾之忧。清军得胜，班师回朝。康熙帝大喜，于是年闰四月五日，在南海子举行隆重的效劳礼，率诸王公贝勒大臣犒劳众将士。

南海子也阅尽沧桑。一九〇〇年，八国联军破北京城，洗劫南苑，各处墙、楼、苑、宫，多遭兵燹，几近无存。

光绪三十一年（1905），清廷设立练兵处，将北洋陆军第六镇派驻南海子一带，构筑兵营。一年后，清廷又批准南苑营盘筑小铁路，以利保卫京城和协助巡查。辛亥革命之后的一九一三年，北洋政府在南苑建立航空学校。一九二二年，冯玉祥任陆军检阅使，率部进驻南苑，在此办学校、修水利、施德政，至今《冯检阅使德政碑》尚存于北天堂村。一九三七年七七事变爆发，在南海子大红门，二十九军与日寇激烈交战。冯玉祥赠剑给南苑军训团，上书"誓杀倭寇，尽忠报国"，以鼓舞士气。是年七月二十八日，师长赵登禹、副军长佟麟阁，在英勇抗敌之中，壮烈殉国。

老树遗台秋更悲
——元、明、清北京别业

古都北京，是座花园之城，处处亭台楼榭，林木葱茏、花团锦簇。作家郁达夫在散文《住所的话》《北平的四季》两文中评论北京"具城市之外形，而又富有乡村的景象之田园都市""典丽堂皇，幽闲清妙"。北京除了气象堂皇的皇家园林、豪华富贵的王府花园外，在星罗棋布的胡同深处，尚有不少不委流俗、风景独绝的私家别业。它们与《日下旧闻考·形胜》所记"燕京八景"，相映成趣，构成"世界的奇观"（丹麦学者罗斯缪森语），并体现了北京园林优雅丰赡的文化承载。尽管不少别业已成废宅颓墙，但加以古木昏鸦，仍具悲凉凄婉之美。

别业，最早见于西晋石崇《思归引序》，"晚节更乐放逸，笃好林薮；遂肥遁于河阳别业"。旧时，称"住宅外另置的园林游息处及建筑物"为别业，亦称别墅。《晋书·谢安传》："（安）方与玄（谢玄）围棋赌别墅。"唐代诗人贺知章，有《题袁氏别业》五绝诗："主人不相识，偶坐为林泉。莫谩愁沽酒，囊中自有钱。"另一唐代诗人祖咏，有《苏氏别业》五言律诗。元、明、清，北京别业不少，胜景绝妙。元廉右丞相之万柳堂、赵孟𫖯匏瓜亭、栗院史之玩芳亭、太仆米万钟之湛园及勺园等为当时极负盛名的别墅。清吴长元辑《宸垣识略》中，即有记载，其称园者，又多为文人的私家花园。文人与景，体现了"景与文化"的美妙境界。可惜，北京的别业却很少被人所知。

杏花春雨，和泪在罗帕——杏花园

杏花园，在东直门外，是元代张留孙弟子董宁定所建。后易手虞道园。虞时任翰林直学士兼国子祭酒。其诗歌典雅精切，文章风格严谨，当时在京最负文名。杏花园内广植杏树千株。每到杏花盛开之时，如云似霞，京城文人墨客多到此赏花题咏。

《词苑丛谈》一书，记有虞道园题一词于罗帕之上，友人柯敬仲购得，装潢做轴，视为珍物。后来翰林学士承旨、诗人张翥来游杏花园时，和虞道园词曰《摸鱼儿》：

> 记兰台、旧时风景，西楼灯火如画。严城月色依然好，无复绮罗游冶。欢意谢，向客里、相逢还有思陶写。金樽翠罩，把锦字新声，红牙小拍，分付倦司马。
>
> 繁华梦，唤起燕娇莺咤。肯教孤负元夜。楚芳玉润吴兰媚，一曲夕阳西下。沉醉罢，君试问、人生谁是无情者。先生归也，但留意江南，杏花春雨，和泪在罗帕。

张翥,字仲举,晋宁(山西临汾)人。至正初年(1341),召为国子助教,后为翰林国史院编修官,累迁翰林学士承旨。著有《蜕庵集》《蜕岩词》。

该词写兰台旧时风景,浮想联翩,清景无限。下片写赏杏花,重在烘托,侧面着笔,自然清妙。词中"楚芳玉润吴兰媚"句,则是别出心裁,用当时的名妓楚方、吴兰来形容此园杏花的娇妍。

主人心本湛——湛园

湛园,在西安门,明代米万钟之别业。园内有石丈斋、石林仙籁馆、茶寮、书画船、绣佛居、竹渚、敲云亭、曲水、松关、饮光楼、众香国、猗台花径诸绝妙之景,乃京城一处胜境。

太仆米万钟另外还有勺园别业,又名风烟里,在海淀,与清华园相邻。园里有色空天、太一叶、松垞、翠葆榭、林于澨诸景,人称米家园。米万钟绘园中景为灯,丘壑亭台皆绘灯上,逢年过节挂于园中,任人观赏,人称米家灯。明王思任有《题米仲诏勺园》:

才辞帝里入风烟,处处亭台镜里天。
梦到江南深树底,吴儿歌板放秋船。

清翰林院庶吉士查慎行,游勺园后诗曰:

> 东雉西勺地较宽，米园绝有好林峦。
> 只因身住风烟里，画个朝参一笑看。

礼部尚书兼东阁大学士叶向高游勺园后，有四字评价："勺园不俗。"清时，勺园改为郑亲王邸第。而米万钟对自家的湛园更钟情，有诗曰：

> 主人心本湛，以湛名其园。
> 有时成坐隐，为客开清樽。
> 闲云归竹渚，落日深松门。
> 登台候山月，流晖如晤言。

诗中展现的心境之清澈、好客之情怀，及无边风景属伊人的雅好，自有一种文人的洒脱和恬淡。米万钟还有一座漫园，在积水潭东。

衰柳又惊秋——梁家园

梁家园，在十间房南。《日下旧闻考》云：梁家园"在京城之西南废城边"。废城，即辽城。梁家园为明梁氏所建，花园很大，引凉水河入园，可泛舟，亭榭花木，极一时之盛。后圮废。嘉庆进士、刑部主事王士禛，过荒废的梁家园时，忆起昔日与好友宋荔裳游此的情景：

> 此地足烟水，当年几溯游。
> 故人皆宿草，衰柳又惊秋。
> 门冷鮭鱐窜，霜寒雁鹜愁。
> 永怀川上叹，逝者竟悠悠。

乾隆四十四年（1779），僧人莲性募捐，在废园上建寿佛寺。

莫话寄园全盛事——寄园

寄园，在菜市西南教子胡同。沈德潜说此园在"老树村边第二家"，康熙户部主事赵吉士别业。清晚期，存老屋数间，树木甚古。时被康熙呼为"烟波钓徒查翰林"的查慎行，曾多次游寄园，留下不少诗作，如《游赵恒夫寄园》诗：

> 萦成曲磴叠成冈，高着楼台短着墙。
> 花气清如初过雨，树荫浓爱未经霜。
> 熟游不受园丁拒，放眼从惊客路长。
> 亦有东篱归不得，四年京洛共重阳。

写寄园的清幽，让人神往。著有《古诗源》的著名诗人、时任

内阁学士兼礼部侍郎的沈德潜,再游此园时,此处已"宿草径荒",写《移居寄园》诗:

> 屋角时闻噪晚鸦,土墙一带任周遮。
> 行人欲认诗人寓,老树村边第二家。
> 苔垣旧剩玲珑句,土室新安曲盝床。
> 莫话寄园全盛事,酒旗歌扇已苍凉。

寓情于景,乃有一种世事盛衰沉瓜浮李的叹惋。

翠柱遮行幔——忏园

忏园,在广宁门大街之北,增寿寺夹道。乃王大中丞别业。景色甚佳。康熙十八年(1679),被授予翰林院检讨的毛奇龄,曾到此一游。毛奇龄著《四书改错》一书,非难宋理学家朱熹,颇负盛名。其畅游忏园佳景之后,即兴赋诗:

> 翠柱遮行幔,银床潄急湍。
> 林疏垂缕络,尚有蔓胡蟠。

园中的修竹、翠树、流泉、蟠桃,隔绝了喧沸的市声,树影参差,闲云也无,凝神其间,悠然陶然。

宣武门西别业幽——李将军园

李将军园,在宣武门西,造园者及遗址已无可考。康熙年刑部尚书,抗清英雄、文学家顾炎武外甥徐乾学,常与友人到此园饮酒赋诗,有《饮李将军园》诗:

> 宣武门西别业幽,群公载酒共销忧。
> 石迴鹦鹉依雕槛,泉喷珠玑入画楼。
> 倚树诗成欣暇日,看山人醉坐深秋。
> 六龙正向榆关度,留得阳和遍九州。

既点明李将军园的位置,又写出群公饮酒的心境。群公赏景小酌,原本是一种平实散淡的雅兴,但"销忧"二字,却有世态纷纭、人生蹉跎、官场浮沉的感伤。景中酒中,自有乾坤。

步屐寻春又一回——同园

同园,位于西城,遗址无可考。从诗人查慎行在有晴有雨的五日内两游同园赏春来看,同园当是一个极佳的去处。看他在《上巳后五日同园看花》所述:

> 结邻真喜近斜街,步屐寻春又一回。
> 五日重来光景换,早花零落晚花开。

> 山桃含笑海棠妍，素柰香清亦可怜。
> 小雨乍晴晴又雨，今年天是养花天。

晴雨中的同园，山桃、海棠姹紫嫣红，柰树白花，清香弥漫——真是个幽雅之处。

云树参差之间——水木清华亭

水木清华亭，在崇文门外东南里许，元侍御史王俨别业。"园池构筑，甲诸邸第"。其水木清华亭，尤精美。许有壬记云："北瞻阛阓，五云杳霭；西望舳舻，汎汎于烟波浩渺、云树参差之间。"北望城垣，于淡淡雾霭中，西看首尾相接的船只，行于烟波树海间，水木清华自有气象。后人多穿凿，竟与现在的清华大学连在一起，张冠李戴。

一番风雨一销魂——宣家园

宣家园，在阜成门内，为宣城伯卫公别业。其园以石著称，园中有奇石：曰隅虎，曰伫鹄，曰惊羽，曰奋距。可与米万钟的奇石一比。后此园易焦鸿胪。可惜，今已无可考。查慎行的诗，只勾勒出宣家园的颓废之相：

> 宣园何日换焦园？怪石荒亭倚断垣。

只有牡丹怜旧主,一番风雨一销魂。

草木知秋,牡丹怜主,或可引发我们关于衰荣生死的无限遐想与慨叹。

花药闭门多——孙公园

孙公园,在虎坊桥,孙少宰承泽寓此园。与其他园不同的是,此园内藏书颇多。康熙翰林院检讨、纂《明史》的朱彝尊《集孙侍郎研山斋》诗:

> 胜序愁初豁,高斋近许过。
> 图书留客少,花药闭门多。
> 兴每耽丘壑,衣从挂薜萝。
> 千秋论述作,出处本同科。

批评当时的士人不刻苦读书,只钻营仕途的浮躁,殊为难得。

上槐街里屋三间——槐簃

槐簃,在西便门槐柏树街,康熙年翰林院庶吉士、散馆编修查慎行之园。槐簃,雅而清幽。某年十月月圆之时,园内菊花正好,查邀周桐野、王楼村来此看菊小酌,赋诗曰:

老瓦盆中花十本，上槐街里屋三间。
眼前此景殊不俗，辇下几人能爱闲？
我已掀泥除藓径，客方冒雨叩柴关。
寒林瘦竹萧萧意，着片疏篱即故山。

园的清雅萧疏与主人心境的萧飒融为一体，人生的沧桑感尽在其中。

不见桃花路已迷——横街怡园

怡园，在横街南半截胡同口，即西七间楼，康熙年大学士王熙别业。中有额曰"席宠堂""耆年硕德""曲江风度"等，为圣祖康熙所赐御笔。园有溪水可行舟，仙鹤自由飞翔。亭榭、林木、山石构成旖旎风光。

毛奇龄《怡园》诗：

山庄清沐驻骖騑，曲径通街出巷南。
才到射堂门启处，门纱映出一山蓝。

青溪百折溁流低，不见桃花路已迷。
欲向岩前寻旧迹，渔舟尚在洞门西。

赤阑斜度暗杉关，树底吹笙鹤自还。

行过摘星岩畔望，红亭高出碧云间。

小雨初过景倍清，山堂设馔午烟晴。

绿腰唱罢弹俱歇，满耳惟闻流水声。

草花续树晚犹生，石栈连云断复行。

怪道午桥风景别，一花一石手经营。

平门近市亘修廊，西北高楼傍粉墙。

桂槛下临光德里，柳丝低拂永丰坊。

查慎行《集听雨楼》诗：

白发春垂暮，纷纷日校书。

忽闻传尺牍，招我过园庐。

帘引新雏燕，床抛旧佩鱼。

此中饶胜赏，大可赋闲居。

对其雅景不胜向往。

市南虎坊园——虎坊桥南园

虎坊桥南,有昆山司寇徐乾学别墅。徐乾学,康熙进士,清初思想家、学者,顾炎武的外甥,曾主持监修《明史》《大清会典》《一统志》。历任礼部侍郎、左都御史、刑部尚书等职,因联合汉官高士奇与明珠争权,又纵容子侄贪赃枉法,广侵田产,被御史许三礼等纠劾,遂告归。南园便成了其藏书休闲之地。其擅经学,有《传是楼书目》《读礼通考》等著作。

徐乾学有《奉邀说岩先生同姜、朱二翰林虎坊别墅宴集》诗,是其得势时,在自家别墅宴请同僚时之作。诗曰:

> 半岁苦淹病,病起乍行药。
> 眷焉思所钦,踪迹久寥阔。
> 市南虎坊园,幽居带林薄。
> 雅堪延野色,凭眺有菌阁。
> 相期展尘事,竟日共盘礴。
> 巾车方及门,高驾俄趾错。
> 青丝挈春酿,促坐成小酌。
> 极望郊坛树,微风韵遥铎。

刺梅花未发——刺梅园

刺梅园在先农坛西,近黑龙潭,清时已无考,但从诗中,可知此处刺梅很有名气。

曹贞吉《游黑龙潭还过刺梅园》诗:

刺梅花未发,有约故人来。
落叶纷如梦,松风对举杯。
城阴春似水,石磴雨生苔。
三径遥相待,蓬门尽日开。

与谁作伴人先老——封氏园

封氏园在南城垣,有古矮松,传说金贞元时植,无可参。
查慎行《过封氏园饮矮松下》诗:

刺藨花外矮松前,指点游踪廿四年。
枝桠平行妨翠甗,杖端摩顶透青天。
与谁作伴人先老?阅世如流我独怜。
卖却朝衫充一醉,免教归欠酒家钱。

悠然濠上心——祝家园

祝家园在先农坛西,与刺梅园相近。左都御史祝氏别墅。草木葱郁,水面甚广,有亭台楼榭。

王士禛《同人招集祝氏园》诗:

黄门休沐暇，池馆惬招寻。
人语碧苔径，鹤鸣修竹林。
微风交落絮，流水澹春阴。
坐爱倏鱼乐，悠然濠上心。

赵作舟《同人集祝园》诗：

谁怜濠濮意，酒罢独登楼。
藻动知鱼乐，花飞入客愁。
无心同止水，何地不虚舟？
芳草美人暮，惊风吹未休。

毛奇龄《姬曼殊》诗：

阶草衔虚槛，亭榴接断垣。
酒阑携锦瑟，请唱祝家园。

毛奇龄姬人曼殊，姓张，小名阿钱，乃丰台一卖花翁之女，自幼聪慧，能学百鸟鸣叫，善女红。二八之后白皙貌美，常把长发绾成连环，名百环髻。经人撮合，与毛结亲。新婚之夜，同僚将阿钱更名曼殊。后学书度曲，不到半年就大有成效。其最爱唱梁尚书之《祝家园》词。又后，不知得何病，年仅二十四时殁。

毛之同朝为官者，不少以词挽吊。在其遗书画上，诸公俱有题咏，一时传为佳话。

架木系匏瓜——东便门外匏瓜亭

匏瓜亭，元赵孟𫖯别墅。赵孟𫖯为元代书画家、文学家，为宋太祖赵匡胤十一世孙。至元时，官至集贤直学士，廷祐时为翰林学士承旨。善画，尤精书法。正、行和小楷，圆转遒丽，有"赵体"之称，与欧、柳、颜并称四大书体。诗文亦清邃奇逸，有《松雪斋集》。

赵孟𫖯在别墅植花木种匏瓜，时称赵匏瓜，可见其种匏瓜之盛。

元王恽《匏瓜亭》诗记种匏瓜事：

筑台连野色，架木系匏瓜。
舍外开三径，壶中自一家。
爱吟歌白苎，酾酒脱乌纱。
更喜南窗下，秋风菊半华。

王恽，元初文学家，曾在中书省任职，至元五年（1268）为监察御史，与赵孟𫖯同朝为官。诗文并茂，著述甚多。

停杯感慨重——左安门外韦公庄别墅

韦公庄别墅,为明正德间太监韦霖修造,俗称韦公庄。别墅四面环水,荻花芦叶,寒雁秋风,观之令人作江乡之想。园内有静乐轩,周有苹婆一株,高五六丈。

园内广种海棠、柰子,古树婆娑数亩,三夏叶茂如伞。春日开花,如白云瑞雪。清中已圮,繁华不再。

明王士祯《集韦氏水亭》诗:

偶成春服始,挟侣问幽踪。
芳草近寒食,空林闻午钟。
惊波双鸟出,迷路一僧逢。
欲竟名园赏,停杯感慨重。

落落松篁返照残——草桥祖氏园

草桥祖氏园,水石亭林,为草桥、丰台一带一处胜境。乾隆时,为王氏所购,后又易主。

王士祯《祖将军园亭》诗:

粼粼水石映前滩,落落松篁返照残。
莲叶萧条蒲叶短,并将凫雁作荒寒。

宋荦《游祖氏园》诗,乃一首踏青之作,意境明快,笔致轻松,未提"春"字却无处不洋溢着春的气息,也无处不流露着诗人的喜悦:

> 园林晴日散芳菲,曲径藤梢欲罥衣。
> 爱杀水亭风景好,蒲芽才吐燕初飞。

> 插天高柳碧丝丝,一片东风淡荡吹。
> 仿佛隋家堤上过,露条烟叶叫黄鹂。

> 亭北名葩取次看,一枝将放倚雕阑。
> 梁园记得春深日,斗大花开绿牡丹。

> 高台突兀俯红亭,树杪西山一抹青。
> 谁系斑骓花坞处,故吹长笛使人听。

不知风月与人同——海淀明珠自怡园

自怡园,在海淀,乃清大学士明珠的别业。明珠,初任侍卫,康熙初擢内务府总管,后任兵部尚书。吴三桂叛乱前,其主张撤藩,受康熙赏识,再任吏部尚书、武英殿大学士。曾任《明史》监修总裁。后其与索额图各树党羽,相互倾轧,又卖官鬻爵、贪赃枉法,被御史郭琇所弹劾。

自怡园，是在大片农牧地上建成的花园，有楼台亭阁，有河有桥，水草丰美，气派非凡。

查慎行，乃康熙时进士，官至内阁学士兼礼部侍郎，与明珠在康熙时同朝为官。他曾到自怡园游宴，有《重过相国明公园亭》诗，记自怡园风物：

> 名园多在苑东偏，不数樊川及辋川。
> 绮陌东西云作障，画桥南北草含烟。
> 凿开丘壑藏鱼鸟，勾勒风光入管弦。
> 何似赞皇行乐地，手栽花木记平泉。

> 球场车圩互相通，门径宽闲五百弓。
> 但觉楼台随处涌，不知风月与人同。
> 紫驼卧草平沙外，白马穿花细雨中。
> 一片近郊农牧地，可容鸡犬识新丰？

此间合号小蓬莱——海淀张廷玉澄怀园

张廷玉，清康熙进士，历任文渊阁、文华阁、保和殿大学士，又曾任户部、吏部尚书。雍正七年（1729）设军机房，由他与允祥等主持。备受雍正、乾隆倚重。其后任《明史》副总裁官，有《传经堂集》行世。他晚于明珠入仕，其澄怀园，乃为皇帝所赐，后毁于火，重修后改为内廷翰林公寓。

沈德潜有《游澄怀园》诗,介绍了该园似"小蓬莱"的景致风光:

> 名园水木互潆洄,地近离宫绝点埃。
> 虞褚并官亲禁掖,邹枚分宅住楼台。
> 荷风入座香难散,鸥侣依人梦不猜。
> 行到苑墙遥指点,此间合号小蓬莱。

双眼乍开疑入画——渌水亭

渌水亭,在玉泉山麓,乃大学士明珠的另一别业。朱彝尊有词写此园:

> 一湾裂帛湖流远,沙堤恰环门径。岸划青秧,桥连皂荚,惯得游骢相并。林渊锦镜,爱压水虚亭,翠螺遥映。几日温风,藕花开遍鹭鸶顶。
>
> 不知何者是客,醉眠无不可,有底心性。研粉长笺,翻香小曲,比似江南风景。看来也胜。只少片天斜,树头帆影。分我鱼矶,浅莎吟到暝。

查慎行也有《渌水亭与唐实君话旧》诗:

> 镒里清光落槛前,水风凉逼鹭鸶肩。

菰蒲放鸭空滩雨，杨柳骑牛隔浦烟。

双眼乍开疑入画，一尊相属话归田。

江湖词客今星散，冷落池亭近十年。

其间的气象、诗人的心境，只要凭心去体味，去徜徉，就能体会到那种无法逃避的宿命感，让人无奈地承受。

满地月明如白昼——西涯

西涯，为明李东阳（号西涯）别业，在安定门北。清中期遗址已无考。李东阳，明大臣，文学家。天顺进士，编修，累迁侍讲学士。入内阁专典诰敕。后受顾命，辅翼武宗，官至华盖殿大学士。上疏揭露奸臣刘瑾，不听而辞官。善诗文，名重一时。有《燕对录》《怀麓堂集》等行世。

据《宸垣识略》载："西涯遗址不可问，而响闸、钟鼓楼、慈恩寺、广福观，皆在十二咏中。其地当与月桥相近，盖响闸即月桥下闸，而钟鼓楼则园中可遥望耳。"

清人吴长元按："西涯为李文正幼时故居，其诰命碑阴记云：吾祖始居白石桥之旁，后筑入地安门内，移于慈恩寺之东，海子之北。则今鼓楼斜街沿湖一带，当即是西涯也。惜为市廛所掩，人未之考耳。"西涯别业隐于街巷，并不为人所识。

李东阳为西涯别业赋诗两首。《宿海子西涯旧邻》诗：

> 匹马缘溪却度桥,荜门疏树影萧萧。
> 东邻旧路原相接,北郭幽期岂待招。
> 满地月明如白昼,一灯人语共清宵。
> 悠悠二十年前事,都向春风梦里消。

《再经西涯》诗:

> 新筑湖堤面面平,乱桥欹岸石纵横。
> 轻凫著水惊还去,老马缘溪恋复行。
> 旧日邻家今几在,别来光景共谁争?
> 匆匆不尽逢僧话,刚说无生便有情。

  重游故居,旧邻不再,一灯人语,悠悠二十年,孤寂之情难掩。"清奇疏秀,情致佳胜",在一片澄澈的诗境里,西涯别业之景,皆入读者想象之中。

  金、元、明、清时,北京的别业中称园者不少,但因岁月蚀磨,大都斑驳成尘,踪迹难觅,只能从不多的文字记载,特别是诗词歌咏中,领略其遗风余韵了。

步随芳草去寻诗
——草桥,赵孟頫与歌姬把酒赋诗

草桥,在右安门之外,当地人称中顶。据《宸垣识略》载,草桥"众水所归,种水田者,资以为利。土近泉宜花,居人以莳花为业。有莲池,香闻数里。牡丹芍药,栽如稻麻。然诸花悉备,独不能养兰;惟万明寺有兰数本。桥去丰台十里,中多亭馆"。

"草桥十里百花妍","尺五城南好光景"。自唐以来,草桥即为燕京一处旖旎田园风光。唐时建万福寺,后寺废而桥存。天启间在寺北建碧霞元君庙。城中历代翰林士子、文人墨客多在此建园筑舍。如元廉右丞之万柳堂、赵参谋之匏瓜亭、栗院史之玩芳亭以及祖将军之祖氏园、年氏园等园林都散落草桥,"要在弥望间,然莫泽其处"。此处园林自然而少雕琢,富有乡土气息。

《宸垣识略》载:"野云廉公希宪,于都城外创造园亭,名花几万本,京师号为第一。一日,于万柳堂张筵,邀疏斋、松雪两学士。歌姬刘,名解语花,左手折荷花持献,右手举杯歌骤雨

打新荷之曲。松雪喜而赋诗,为一时佳话。"元赵孟頫(号松雪道人)即席赠歌姬诗:

> 万柳堂前数亩池,平铺云锦盖涟漪。
> 主人自有沧州趣,游女能歌白雪词。
> 手把荷花来劝酒,步随芳草去寻诗。
> 谁知咫尺京城外,便有无穷千里思。

元代书法家、诗人赵孟頫,为诗清邃奇逸,风格和婉,多写闲情逸致,以掩盖痛惜宋室覆亡之慨。此诗虽写与歌姬把酒言欢之乐,但最后一句,语双关,还是流露出身世之感。

草桥诸园林,"爱杀水亭风景好,蒲芽才吐燕初飞","亭北名葩取次看,一枝将放倚雕阑"……已化作残枝败叶,一觞一咏的闲情雅兴,早让"行人立马空惆怅"了。倒是元时《城南俚歌》中的"茕茕一僧独负土,治道不成徒苦心",一语成谶。

清波一勺买千钱
——北京的井和井的故事

据张清常在《胡同及其他》中考证，北京胡同一词，系由蒙语水井转译而来。北京与井，自有不解之缘。

井者，"凿地取水的深穴"，除河湖外，生命之源。老北京有井一千二百五十八眼，但井水多苦涩。《宸垣识略》说：京城井水多碱，苦不可饮。乾隆时刑部尚书王士禛《竹枝词》曰："京师土脉少甘泉，顾渚春芽枉费煎。"又据《燕京访古录》载，积水潭西有一眼大铜井，有八寸厚的铜井沿，外方内圆，外周方八尺八寸，内周三尺八寸，镌有"大元至顺辛未秋七月赐雅克特穆尔自用"及"铁平章大铜井"诸字。可惜装潢再好也是露天苦井。而对面小铜井则水甘甜，需花钱购买。什刹海龙头井胡同，多有私人之凿井，旧称"井窝子"，其水质甘洌，待价而沽。作家梁实秋在晚年写的《丁香季节故园梦》中说，"我生在一个四合院里，喝的是水窝子里打出来的甜水"。私人凿井甜水者，多经营卖水营生。掌柜置木独轮水车，上放木桶，灌满后由伙计送抵买家，倒入水缸。因此，又有水车胡同。

苏州胡同在崇文门内,与东交民巷相对望,胡同之三元庙有眼苦井,后人干脆将这一带叫苦井。《宸垣识略》载:"明弘治间,正月朔日晨,有术士汲其水,往甜井中易水而来,向井咒诅而下之,此井遂变为甜水。"对这种迷信荒诞之说,康熙时翰林院庶吉士查慎行并不相信,其在杂咏诗中说:

枘凿流传事不伴,谁分泾渭定千秋?
移将苦水成甜水,唤作苏州是蓟州。

鉴于京师苦井多,皇宫、达官贵人都着水车每天出西直门,到京西玉泉山取水,日落前载水返城。

水质最好的井在安定门外,一为姚家井,次之为东长安门内井。此外,辽时西便门大街,昊天寺就有甜井一眼。后来昊天寺废,井也不存,仅留下清康熙时经学家朱彝尊《移居槐市斜街》诗,提到昊天寺水井:

莎衫桐帽海棕鞋,随分琴书占小斋。
老去逢春心倍惜,为贪花市住斜街。
屠门菜市费赢骖,地僻长稀过客谈。
一事新来差胜旧,昊天寺近井泉甘。

又后来,在此发现明万历间山阴朱敬循刻碑,记此井"泉特清洌,不下天坛夹道水也"。所谓"天坛夹道水",出自天坛内一眼井，井水甘甜，居民都到此买水。王士禛有记此井《竹枝词》：

> 京师土脉少甘泉，顾渚春芽枉费煎。
> 只有天坛石瓷好，清波一勺买千钱。

朝阳门太庙前有大觉寺，辽时筑义井精舍。《宸垣识略》说"辽筑义井精舍于开阳门之郭，旁有古井，清凉滑甘，因以名焉"。《析京志》说，义井有两个，一在齐化门太庙前，一在思城坊洞阳观前，今大觉寺既废，义井亦不可考矣。先农坛的观音寺，有一甜井，乃明崇祯时王应魁所凿，其嗜茶，自凿井，有凿井施茶之雅。帝王也好茶，明成祖朱棣，巡幸时，常驻跸左安门外魏村社。该地有一井，朱棣饮之，甘甜，甚喜，命用黄金筑井壁，故人称金井，比天坛井"石瓷"要堂皇气派多了。

安定门外五里许有满井，井径五尺余，水甘甜，冬暖夏凉。清泉长涌，四季不竭。后有人凿石栅围起，水漫溢出。井旁苍藤碧草，周围林木茂密，路人见之，诧为奇胜。明林尧俞有《满井》诗：

> 寒泉凝碧瓷，一酌冷人心。
> 素绠无妨短，银床半欲沉。
> 畦渟鱼藻入，林影鸟巢深。
> 偶值堤边叟，悠然似汉阴。

朱彝尊有《满井访仑上人》诗：

> 郊行方泽外，路转古城洼。
> 小雨乍拨火，轻风无聚沙。
> 青莲过桥寺，红杏隔墙花。
> 一笑远公在，催停觳觫车。

夏时井水之凉，足以清热消暑，沁人心脾，旅者多在此驻足小憩。

《宸垣识略》认为，满井或可又称高井。其载："安定门外东行五里，观音寺之侧有高井，一润百亩，四时流溢，或即其地。德胜门西北东鹰房村有称为满井者，广可丈余，围以砖甃，泉味清甘，四时不竭，水溢于地，流数百步而为池，居人汲饮赖之。盖郊北之水，来自西山，固无足异。"

井，除了有碱甜之外，也有故事。一三六八年八月，朱元璋大军至北京，元旧臣危素逃至报恩寺，俯身入井，被一僧拉出，曰："国史非公莫知，公死，是死国之史也。"危素决定不寻死了。与此同时，元翰林黄殷士也悲号奔至居贤坊，举身投井，被仆人张午抱住，说："君小臣而死社稷耶？"黄曰"齐太史兄弟皆死小官"。这时，传来徐达将军令，"胜国之臣俱输告身"。张午嘱家人看好主人到太阳偏西，就去领赦免状，回来时，黄早已沉井而亡。

查慎行有感二公投与不投井之举，赋诗曰：

> 国史存亡赖老成，小臣只合死忠贞。
> 泥多莫食报恩井，不及居贤井水清。

褒贬二公的人格操守。

北海有一枯井，值得一提。据《宸垣识略》载，在琼华岛西侧，"山腰有亭曰揖山亭，有桥锁其口"，"历石磴而下，为水精域。山麓有古井，深不可测"，又说"山右之半有废井，深不可测。中人云：下与海通，有蛟蛰焉"。后人说"古井"在阅古楼后，"废井"在庙鉴室后，乃是元代忽必烈的"御汤池"供水之井。乾隆帝见井之下有两个石砌池子，不知何用，便于乾隆十八年（1753）在元"御汤池"中央建筑一八角形石亭，称为"烟云尽态亭"，并赋诗一首：

> 玉泉昔日此垂虹，史笔谁真感慨中。
> 不改千秋翻趵突，几曾百丈落云空！
> 廓池延月溶溶白，倒壁飞花淡淡红。
> 笑我亦尝传耳食，未能免俗且雷同。

查《元氏十三世祖记》，知至元二十三年（1286）秋，在琼华岛西侧，建温石浴室，其水引自山上深井。

《元氏掖庭记》有这样的记载："漾碧池旁有一潭曰香泉

潭。至上已上,则积香水以注池。池中又置温玉狻猊、白晶鹿、红石马等物,嫔妃沐浴之余骑以为戏。或执兰蕙,或击球筑,谓之水上迎祥之乐。惟小娥体白而红,著水如桃花含露,愈增妍美。帝曰:此夭桃之女也。因呼为赛桃夫人,宠爱有加焉。"

皇帝与嫔妃沐浴之奢靡之景毕现眼前。

又据《金鳌退食笔记》载,御汤池是密封的,为九间宫殿式建筑,皆用玻璃建造,极为透明敞亮。池内有仰头盘龙,口吐温水。其舒适豪华,不亚秦始皇之"骊山汤",不输唐太宗之"御汤宫"。

至于光绪之珍妃被投入井中,是因党祸,还是宫闱斗争,至今众说纷纭。

自清光绪三十四年兴办京师自来水有限公司始,井便渐渐淡出京城。

如今,湖北丹江口那甘甜清水被引到京城,北京人真的圆了畅饮甜水的梦想。

青芝之岫含云苍
——乾隆捡漏与米万钟败家

败家石,是"青芝岫"的俗称。其石润色青,形如朵云,体态庞然却灵秀,高四米,长八米,宽两米,约重百吨。一七五〇年,乾隆帝为贺其母六十寿辰,在颐和园建乐寿堂时,将遗于深山二百年的"青芝岫"巨石移入此堂院内,与院里的古玉兰、海棠、牡丹,相映成趣。尤其在夏秋季,该石全身苔藓斑驳,翠碧欲滴,别有意韵,成一胜景。

"青芝岫"上镌有乾隆帝题字,乾隆还为此作诗,其序道出该石的一段传奇:"君不见房山巨石磊岂岌,万钟勺园初筑葺。旁薨皱瘦森笏立,缒幽得此苦艰涩。致之中止卧道旁,覆以葭屋缭以墙。年深屋颓墙亦废,至今窍中生树拱把强。天地无弃物,而况山骨良?居然屏我乐寿堂。青芝之岫含云苍。崔巍刻削衺直方。"讲的是巨石产自房山,明太仆米万钟建勺园想将此石立于园中。运石途中十分艰难,耗尽财力,不得已将之弃于道旁。年深日久,石上已长满小树。这等好石,最后只有我有幸受用,立于乐寿堂。此序已将"青芝岫"入乐寿堂的来龙去脉讲得清清楚楚，字里行间，不乏捡漏儿的得意之情。

乾隆二十五年（1760），乾隆作《乐寿堂六韵》：

> 岌峙千峰护，虚明万顷开。
> 精神山水萃，义理知仁该。
> 择向朴堂建，乘闲清跸来。
> 乐惟以天下，寿愿共春台。
> 霁月光风会，江毫宣砚陪。
> 翘思茅土约，抱愧敢嬉哉。

米万钟，明代水曹郎中，巨富，有建别业的雅好，除了有座叫古云山秀的豪华私宅，还在京师各处修建三处风景极佳的别业。《宸垣识略》载："米仲诏漫园在积水潭东，有阁三层。仲诏尝为湛园、勺园，及此而三。"

米万钟嗜石成癖，走火入魔。游四方，斥巨资，收奇石无数，藏于私宅古云山秀。最奇者，有灵壁石，高四寸余，延衺坡陀，势如大山。近山脚，特起一小方台，凝厚而削。台面刻"伯原"二字，小篆绝佳。伯原，元代爱石者。另一灵壁石，非方非圆，浑然天成，周遭望之皆如屏障。有脉两道，作殷红色，高八寸，其声铿锵。一英德石，可握手中，如双虬盘卧，玲珑透漏，千蹊万径，穿孔勾连。一仇池石，大如拳，声如响磬，峰峦洞壑，奇巧殊绝。底有米万钟自刻"小武英"字样。一兖州石，大如拳，灰褐色。诸奇石皆数百年传之有序的宝贝。

米万钟每得宝石,就请闽人吴文仲绘为一卷,董思白、李本宁为之跋尾。自己也以文记之。《春明梦余录》记曰:米万钟既得异石于大房,束牲载书以告。甬东薛冈见之,复代石报米书。二书当时传诵,以为韵事。不久,"韵事"便变成了伤心事。为运巨石,米雇佣多人,马四十余匹,耗尽钱财,致倾家荡产,故世人谓该石为"败家石"。

唐刘禹锡诗云"石壑不老",那么"败家石"的故事也不会老。

瞻灭只在殿中间
——天安门原是木牌坊

天安门城楼在历史风雨中,多次被毁,多次重建,而它的称谓也几经变化。明代建成后称"承天门",清顺治年重建时改为"天安门"。

统治者特别注重"安"与"和",以寓"长治久安"。清后将紫禁城内"皇极殿""中极殿""建极殿"改成"太和殿""中和殿"和"保和殿",其意在内宫平稳安和。

承天门更为天安门,既涵盖了"承天启运"之意旨,又含纳了"安邦治国、国泰民安"的思想。但这只是统治者的一厢情愿而已,天安门从来就没有平静过,它以老迈之躯和重建后堂皇之尊,经历、见证过无数的历史风雨和时代动荡。

天安门,系紫禁城的正南门,明成祖朱棣建皇城时于永乐十八年建成,起名"承天门"。其形制与现在的天安门相差甚远。承天门是黄瓦飞檐三层楼式的五座木牌坊,中间的最高牌坊正中,高悬"承天之门"匾额,喻皇帝受命于天,替天行使权力。

三十七年后的丁丑景泰八年，承天门毁于大火。据史载，该年天灾人祸频发：二月，英宗复辟，景帝死，于谦被杀；六月，天降冰雹成灾；七月，承天门毁于大火。至成化元年（1465），宪宗朱见深下诏，命工部尚书白圭负责重建承天门。为避火灾，重建的承天门不再是木牌坊，而改成九开间城门楼式的建筑，其形制是今天安门的基础。

有资料说，先后两座承天门的设计建造者，是一个叫蒯祥的工匠。他在朱棣重建北京时被征召入京，因其技艺高超，后升为工部左侍郎，但因其人其事史料都语焉不详，民间流传又多为穿凿，因此只能存疑。但劳动者的创造性，有城存证，毋庸置疑。

从新承天门建成至崇祯十七年（1644）间，承天门虽又经多次修葺，但并无改动。一六四四年，李闯王率农民军攻破北京城不久，清兵又破城，承天门再次毁于战火。七年后的顺治八年，又按旧式重建，改名天安门，以求天下太平。据《宸垣识略》载，天安门"上覆重楼九间，为皇城正门。前环金水河，跨石梁七，即外金水桥也。前立华表二，门内立华表二"。其布局之巧妙，建筑之精湛，气势之宏大，堪称中国古代建筑的经典，为世界瞩目。

清时，天安门不仅是皇宫大内的正南门，还多了一种功能——皇帝颁诏的地方。每有诏要颁，那天便"设金凤朵云于天安门上堞口正中，宣诏官朝服，领耆老咸集，行礼奉诏，承朵云由金凤衔下"。宣诏之官，身穿朝服，率百官恭立城楼之前，等装圣旨的木匣由金凤送下，宣诏官取出公布。清翰林院检讨毛奇

龄,常参加颁诏仪式,用《天安门颁诏诗》记录了这种场面:

> 双阙平明卷雾开,九重颁诏出层台。
> 旛悬木凤衔书舞,仗立金鸡下赦来。
> 彩楗横时天宇阔,黄封展尽圣心裁。
> 策宽本是贤良事,何处还寻杜谷才?

清晨薄雾,旗悬木匣,百官听旨的场面,尽在眼前。

一九四九年,毛主席登上天安门,向全世界宣布,中国人民从此站起来了,开启了一个崭新的时代。从此,天安门成为中华人民共和国的标志,并设计入庄严的国徽。天安门巍然屹立,"诉往事,兴来者"。

四蹄如柱鼻垂云
——北京御象与什刹海象浴

我国自古即驯象使之参与劳动,且视之为祥瑞之兽。三国时有曹冲称象的故事,证明象已被驯化。到晋唐时,象已入都城,能舞或驮乘舆。金在燕京建都,象也随之而入。元明时,象的数量已很可观。明弘治八年(1495),建象房,集中管理。《宸垣识略》载,"象房在阜财坊宣武门内西城墙",同时筑象房桥。原北京图书馆一带的御马监,也是养象的地方。据《明宫史》载,御马监养九只母象。

象初入京,皆到象房驯化,接受骑射礼仪演练,故当时又将象房谓之演象所。明时,备受皇帝恩宠的锦衣卫,自设驯象所。既要管理象奴(驯象师),又要管理大象,为此,还专设锦衣卫指挥一员,统领一切。

象驯好后,要参加朝廷的活动。凡皇宫有大朝会,就会派很多只大象,或驾辇,或驮宝,使朝会隆重盛大,以壮君威。若是平常早朝,则派六象,站于午门两侧。钟鸣鞭响,肃然侍立。一旦百官入朝毕,两侧各三象,必自动以鼻相交,无人敢越雷池。

下朝时，象又各站两厢，复常态恭送。据其表现，象奴对象有各等赏赐。若当值之象突病，则由象奴骑回象所，让象自己去求顶班者，直至有象肯自愿代它为止，不然将长久站下去。倘有象不听话甚或伤人，锦衣卫头将命象奴杖之。这时，会有两象自动用长鼻绞住被杖象腿，使其跪地。杖毕，象艰难起身后，还要低头甩鼻致谢。若被允许参加下次活动，该象会知趣地排列队尾，格外小心翼翼。

一般情况下，象房还向社会开放，让象表演，供人参观。象能用鼻击鼓吹号欢迎观众。但若要看象表演拿手好戏，如后象前腿伏于前象屁股，依次排成一队行走，如站高台等，观者要给小费。有趣的是，当盘子里的钱两差不多了，象要看象奴的眼色行事。象奴示意可以表演了，象就昂鼻，发出巨响以示谢意，之后，开始表演。

每岁六月，众象被带到什刹海、积水潭，进行洗浴或交配。有时，会与列队而来的御马一起洗浴。百姓倾城而至，挤在海子边兴致勃勃地观看，热闹非凡。这一活动始于元朝。

元宋褧的《过海子观浴象》记录了象浴的盛况：

> 四蹄如柱鼻垂云，踏碎春泥乱水纹。
> 鸂鶒鸡鹕好风景，一时惊散不成群。

象也有生老病死。象奴若发现哪只象耳出油，即知其"山性发"，这是死的前兆。此时，象会异常狂暴，象奴便用粗绳捆之。象房总管要呈报兵部,若得批准,象将被赶到光禄寺终老,一般病象会在十日左右死去。

北京宫廷养象活动,大约到光绪年间终止。以后,只能到动物园去看象了。动物是人类的朋友,象陪伴我们上千年,但愿能与我们共生共存。

夹路骑驴女似云
——明御史骑驴及脚驴

驴,可乘、挽、驮及拉磨,性温顺,有耐力,且堪粗食,饲养使役方便。南宋爱国诗人陆游在其七绝《剑门道中遇微雨》中,就写了"骑驴入剑门"事,这首诗是他从前线回后方时路过剑门时所作,诗曰:

> 衣上征尘杂酒痕,远游无处不消魂。
> 此身合是诗人未?细雨骑驴入剑门。

据《苕溪渔隐丛话》载,李白在华阴县骑驴;杜甫在《奉赠韦左丞丈》自说"骑驴三十载";此外,贾岛有骑驴赋诗的故事。

让我们透过历史的风雨,看到在土路、山道上,陆游、李白、杜甫等诗人骑驴代步,"嘚嘚"地行在朝阳暮色中——让景物凝为画,风韵独绝。

早年,北京有赶驴市胡同,就是出租驴供人役使的市场,在宣武门外门脸处。供人骑的驴,叫"脚驴",出租脚驴者称驴户。大凡游春、逛庙会、走亲戚、购物等，皆可雇脚驴。驴颈系铜铃，背披棉鞍，租者骑于驴上，在叮当的铃声和嘚嘚蹄声伴奏下，游于市间，自有一种风味。

听爷爷辈的人讲，民国时，一友人从外地到京办事，暂住我家，事办妥后，要去游颐和园。爷爷带其到西直门门脸，雇了头脚驴，交了定金，驴户扶友人上驴，往驴屁股上一拍，那脚驴不用赶驴者即可自行上路，两个时辰，便抵颐和园牌坊下，那里早有驴户家人恭候。待客人游完胜景，脚驴已水足料饱。返程时，那脚驴速度加快，一个多时辰，便回到夕阳下的西直门。驴户验驴无损，收脚费，退定金，算起来路费约一枚袁大头。在燕京大学读书的叔叔，偶尔也有雇脚驴之举。鲁迅先生在一九二六年三月七日日记上记"同品青、小峰等九人骑驴同游钓鱼台"。不过，鲁迅等人的脚驴，是有赶驴者在后以短鞭催促的。

金、元、明、清时，毛驴的使役在北京已很普遍。明时，甚至将驴的使役列入朝纲，据《宸垣识略》载，"明旧制，御史乘驴"。试看，身穿上绣垂云红日，下绣海水江牙，左右绣八宝或八仙，中央绣飞禽或走兽朝服的文武官吏，骑着个小毛短之驴，与骑驴的草民混在一起，尽管显得有点寒酸甚至有失官威，但国库不仅可省却一大笔银两，且官民之间没有了悬殊的差距。宣德间，官吏改骑马之后，高头大马与灰毛矮驴相比，尊卑自不必说了。

在京都，骑驴或还可称为反映社会世情、民生百态的文化景观。清康熙翰林院检讨尤侗，才藻富赡，工诗词曲，颇有成就。

他曾写《偶见》诗,描绘偶见京城的骑驴之景:

夹路骑驴女似云,避风半掩碧纱帉。
尽知爱惜加穷袴,懒着金泥簇蝶裙。

炊无曲突卧无床,砌得砖垆近坑旁。
少妇日高犹懒起,拥衾侧卧煮羹汤。

史家只说封建社会妇女大门不出二门不迈,而诗中驴上未经刻意打扮的美女,衣裙飘逸,天性不泯,端的悠然而率性。

游景也多骑驴,王士禛有《过草桥》:

垂杨匝地板桥横,沙路青驴得得行。
偶坐濠梁忘日暮,可怜泉水在山清。

文人驴背上游山玩水,在青驴嘚嘚蹄声中,且歌且诗,而陶醉忘情,倒别有风致。

金时,有个叫张伯玉的,美髯齐腹,性豪爽,善酒,在京师是个无人不识的人物。有诗记他"西山晚来好,饮酒不下驴"。丁野鹤,明末举子,满人入关后,他当了内廷教习的小官,却因《续金瓶梅》而名噪京城。史载,他在米市建宅,雅名"陆舫"。文人常到此饮酒赋诗。据《宸垣识略》载,一个在外地为官的人,"策长耳驴,冒风雪,日驰三四百里,至华严寺陆舫中，召诸贵游山人、琴师、剑客，杂坐酣饮，笑谑怒骂，笔墨淋漓；兴尽，策驴而返"。日驰三四百里之长耳驴，奇驴也；广交友、善饮、能文，敢嬉笑怒骂者，非奇人，但其狂放不羁，买醉骂人，证明清初创时，为求稳定、发展，对文人尚客气，没有扼杀专司思考的文人之狂放自由的天性，才有了后来的康乾盛世。

史载："康熙丙辰五月初一日，京师大风，昼晦。有人骑驴过正阳门，御风行空中，至崇文门始堕地，人驴俱亡恙。"前面几句，当是事实，北京自然环境恶劣，多风，甚至有昏天黑地的沙尘暴。而人驴"行空中"，则荒诞不经。传说可夸张，史却应严谨。

旧时，出入城市要缴税，"俱有小内使经管收纳。囊袱骑驴，例须有课"。连骑驴出入城都要课税，可见赋税之苛、民生之苦。到了骑驴进出城都要课税的地步，大清的颓势已见。

添得青袍多少泪
——金榜题名与贡院

贡院，在城东观象台西北，为元朝礼部旧址，是元、明、清三朝举行顺天府乡试和礼部会试之地。明永乐十三年（1415）改成贡院，至万历二年（1574）已建号舍四千八百多间，到清朝又扩建至一万多间。规模之大，足见科举考生之众。正如《宸垣识略》所载："明永乐间改为贡院，万历间拓旁地益之，本朝屡加修葺，益为宏备。"

贡院，乃一坐北朝南的建筑群落，有两层围墙，置以荆棘，以卫考场安全。明天顺甲辰会试，考场失火，一举人持砚毙于钟下，上镌其名——吴野。英宗朱祁镇"诏葬诸烬骨，刻石塚上曰，天下英才吴野等之墓"。举子虽获厚葬，但亦可见科举管理混乱。从南入院，依次是牌楼、二门、外龙门，至公堂，甬道两侧是东西文场。院落又以内龙门为界。外为文场，以供考生应试，也是考官们监考之地。清制，设号房五十七排，计九千零六十四间。所有号房以《千字文》中文字顺序排序。号房以砖墙隔开，每间宽三尺，深四尺，高六尺，南面不设墙窗。考生进文场，严格搜身，以防夹带书文作弊。

依清制，乡试和会试每三年举行一次。乡试在秋天举行，故又称"秋闱"，中试者称举人，获会试资格。乡试之后的次年二月举行会试，故会试又称"春闱"。会试系全国性考试，由礼部主考，中试者称为贡士，可参加一个月之后的殿试。

殿试在紫禁城保和殿举行，由皇帝亲自主持考试。考题是策问，两千字左右。殿试以文章成绩决出状元、榜眼、探花三甲，后授翰林修撰（从六品）、编修（正七品）的官职。余下的进士可再参加一次朝考，根据文章水平择优入翰林院为庶吉士，其余分发各部任主事等，或赴外地充任地方官。

殿试前十名进士之姓名、名次及考卷要进呈皇帝审定，由考官填写乌金榜，上钤"皇帝之宝"御印。殿试后的第二天，在太和殿隆重举行传胪典礼，皇帝率百官到场。典礼毕，礼部官吏捧持金榜出午门，到长安门外张贴，诸新科进士随之观榜。此所谓"金榜题名"之荣。传胪后第三天，皇帝还在礼部赐新进士以恩荣宴。之后，择吉日至孔庙举行祭礼，再由国子监将新科进士之名刻于碑上，传之久远。

对科举制的不满，自有科举始。《唐才子传》云，高蟾初累举不第，曾题诗省墙间曰："冰柱数条搘白日，天门几扇锁明时。阳春发处无根蒂，凭仗东风次第吹。"怨而切。此事写的是唐代一个叫高蟾的人科考不第而发牢骚的故事。高蟾有一首《下第后上永崇高侍郎》诗，表达了他对当时科举弊端的不满：

> 天上碧桃和露种，日边红杏倚云栽。
>
> 芙蓉生在秋江上，不向东风怨未开。

其用语平和，却深藏生不逢时的悲怨。

据《元史》载，北海有万春园，进士在恩荣宴后，会一同到此。宋显夫云"临水池台似曲江"，其兴奋溢于言表。

吴长元曰："乾隆甲子，御制贡院诗，有从今不薄读书人，言孔孟言大是难之句，一时士林传诵，为之感泣。"感激涕零之后，词臣张鹏翀和乾隆诗曰："添得青袍多少泪，百年雨露万年心。"盖记其事。

清代士人欲以学优而入仕从政，要经过童子试、乡试、会试、殿试等层层考核。政治腐败，科举必然腐败。鲁迅祖父科举行贿案，便是一例。

鲁迅祖父周福清，清同治十年（1871）进士，授翰林院庶吉士，曾任江西省金谿县知县，后任内阁中书。根据一八九三年十二月十七日浙江巡抚崧骏奏折《已革中书周福清求通关节案审办由》，可确认周福清科考行贿案成立。周福清"起意为子求通关节，并欲为亲友中马、顾、陈、孙、章五姓有子弟应试者嘱托，希图中试……独自拟写关节一纸，内开五人，马官卷、顾、陈、孙、章，又小儿第八，均用宸衷茂育字样，并写洋银一万元空票一纸，加具名片，装入信封"。奏折又说，案发后，"周福清先避住上海患病，随后回籍，闻拿畏罪自行赴县投首"。

光绪十九年（1893）十二月二十五日上谕："科场舞弊，例禁綦严。该革员辄敢遣递信函，求通关节，虽与交通购买已成者有间，未便遽予减等。周福清着改为斩监候，秋后处决，以严法纪而儆效尤。"

鲁迅的祖父周福清因为儿子周凤仪（鲁迅父）科考行贿而判了死刑。周凤仪秀才的功名也被革除。鲁迅家里为保周福清的命，不断花钱上下打点，买通关节，家道就此败落。于是鲁迅就有了"有谁从小康人家而坠入困顿"的感慨。拿一万两雪花银行贿买功名，只"小康"怕是难以做到的。若说鲁迅一家从此不再"钟鸣鼎食"，或真实可信；不然鲁迅兄弟二人在留学日本时，凭什么租房雇佣？但鲁迅似从未在文章中提及祖父周福清的科场舞弊丑闻。

除科场舞弊外，清代阅卷取士，也并不严谨。有些阅卷官学识浅薄，或思维板腐，非以试卷优劣作为判断，而是凭个人好恶任意屈抑。清人罗惇曧的《宾退随笔》有这样记载：光绪年间，理藩院尚书裕德任阅卷官，凡于试卷中看到有犯其先人名讳的字，就起身整衣敛容，拱伏行礼，然后把试卷恭谨地置于一旁，不再复阅。后来每逢此公阅卷，考生就事先了解其家人的名讳，避免因此落榜不第。

科举，以功名利禄使天下士子投身其间，思想被禁锢，对国计民生、人情世态全然无知，是统治阶级控制知识分子的一种手段。诚如清人王侃所论，"徒将古人陈腐之言，颠倒分合，半吐半吞，以作种种丑态"。一九〇五年，慈禧太后诏废科举，贡院寿终正寝。

张灯不待月高时
——灯市口昔日繁华灯市

"珠缀九微光灿烂,张灯不待月高时",是明代万历进士范景文进京后,写老北京灯市繁华貌的。

灯市,在王府大街东,崇文大街西,东西向的大街,今称灯市口。灯市口离我家遂安伯胡同宅第一箭之遥,天天经过,灯市已绝迹矣。昔日,灯市南北街面,皆是商号店铺,碧玉宝器、日用百货,应有尽有。街中列市如棋置,数行相对,大都是两层楼。楼内铺毛织地毯,窗挂竹帘者,为饭店酒肆,燕饮之处。每楼租金一日便要数百串钱,足见地段之贵。夜幕降临,灯火通明,远望灯市,如星空天街。每年正月初八开市,至十八日停市,十天里,顾客如云,市声鼎沸,街市红火热闹。

专门卖灯的地方,在街西南角,宋时灯市于农历九月菊花吐芳华时开市,清时只在正月内开市数日。想当年"满城尽戴黄金甲"时,菊灯的花样怕也是数不胜数,待到数九隆冬,灯市的冰灯就大放异彩。冰灯,系用竹布扎成灯框架后,以水浇之,滴水成冰,四面如玻璃,中间置烛,点燃之后,光芒四射,提于手上,吊于门厅,别一番风景。

灯市离紫禁城不远,东面便是卖笑的勾栏胡同、马姑娘胡同。那时,京师娼家东西院籍隶教坊,就在灯市东北。

> 章台车马去如流,白雨霏烟拂画楼。
> ……
> 美人虹见西山霁,少女风来北里秋。

写的就是勾栏处的畸形繁盛。王孙公子与妖娆娼人招摇灯市,乃灯市一景观也。

从灯市当日的繁华,亦可见出当时京城商业的繁华,同时,从灯市也可窥见当时的风俗世态。明石昆玉《灯市》诗:

> 灯市百货蘩,类聚还分局。
> 杂沓掩尘埃,穹窿象山谷。
> 波斯细举名,最下亦珠玉。
> 满城恣意观,屦舄时交触。
> 侧肩趁友朋,转盼遗童仆。
> 楼上楼下人,徙倚自相瞩。
> 重器与娇容,回还日不足。
> 倘非挟厚藏,焉用空驰逐?
> 惟我独闲行,辉煌聊饱目。
> 佻佻白面郎,囊里金如粟。

访古探瑰奇，十仅偿共六。
本拟快于心，旁观容有戚。
为君话所从，原出巨家椟。
向购此场中，而今在此鬻。
伫看市道间，何事无翻覆？
物类火传薪，人寰风转烛。
拼诸海陆珍，权与豪华畜。
姑数杖头钱，来酣春酒熟。

这等繁华之灯市，只不过是权贵的猎宝温柔之乡。历史，或可真有不期的轮回。

工诗词，精音律，生平著述甚丰的范景文，也有诗写灯市的见闻：

御沟春暖涨冰丝，风暖沙吹日影移。
珠缀九微光灿烂，张灯不待月高时。

王孙约队簇金貂，玉勒青骢绮陌骄。
文贝珊瑚看不尽，东华门外市三条。

朱楼一带郁嵯峨，阵阵香风衬绮罗。
龙烛薰风喧不夜，天街到处月明多。

月明处处度笙箫，春色分明念四桥。

有酒劝君须尽醉，百年能得几元宵？

在灯市，王孙挥霍无度，尽显富贵奢靡，社会的腐败、堕落之风已吹得封建王朝摇摇欲坠，覆灭之态，已见端倪。

灯市东口，有一二郎庙，余生也晚，从未见过该庙，其所存仅一间坐东朝西的小门脸而已。而昔日二郎庙乃康熙年重修，是一座仅不足十平方米的小庙。当时有碑，其文曰"据道书称，二郎神为清源真君。唐贞观二年创庙于此，宋元祐二年重修"。

二郎神，是战国时李冰之子，因助其父凿离堆、开二江，有功于民，蜀人敬祀之。清雍正五年（1727），诏封李冰为敷泽兴济通佑王，二郎为承绩广惠显英王。民间香火很旺。

清人吴长元在《宸垣识略》对碑文置疑，"碑称唐贞观二年创庙于此，则北宋时燕属于辽，不得云天祐二年重修也"。

王孙已成泥尘，灯市的繁华不再，倒是那位二郎神，至今仍传诵民间，因为他为百姓做过好事。

巍然万古藏嵯峨
——团城与忽必烈玉瓮

团城，位于北海西南，历来被称为"太液池上的瀛洲仙城"，是"世界上最小的城堡"。又因城内置元忽必烈宴请群臣盛酒的"渎山大玉海"而闻名遐迩。团城是一座以石为基，由砖砌成的团型城垛，高四点六米，周长二百七十六米，建在金代挖太液池所积土丘上，历经元、明、清三朝不断地扩建修葺，才形成现在的规模和气象。

团城的主体建筑是承光殿，坐北朝南，大殿方正，双重檐，覆黄琉璃瓦，绿剪边，四面有抱厦。殿南有四方月台。据《宸垣识略》载，承光殿"围以圆城，设以睥睨，自两掖洞门而升，中构金殿，穹窿如盖，俗呼团殿。有古栝一，槎枒如龙，传是金时遗植"。

元时曰仪天殿，明时改称承光殿，至世宗朱厚熜时又改称乾光殿，清时复叫承光殿。传说，殿内有不少蝙蝠，大尺许，夜出，森然可畏。团城初建时，即有金代所植一栝。后或有人又植一松树，至乾隆时，二树分别敕封"遮阴侯""白袍将军"。

康熙时，承光殿不幸毁废，复建后殿内供奉一玉佛，高一点五米，用一整块玉石雕成，润泽洁白，袈裟及顶冠镶以宝石。据说是清末僧人明宽在南洋游历间，缅甸僧人所赠。运送回国时，诳称"奉旨请佛"，一路通行无阻，顺利运抵北京。假托奉旨而行，罪不容赦，明宽请大太监李莲英求慈禧开恩，慈禧闻之，非但不治罪，反而嘉奖，命将玉佛供奉于承光殿。一九〇〇年八月，八国联军攻破京城，玉佛左臂被砍，至今留有伤痕，是侵略者留下的罪证，昭示后人勿忘国耻。

《宸垣识略》载，"康熙初殿废，后复建……承光殿南，乾隆十年建石亭，以置元代玉瓮，有御制玉瓮歌，镌于瓮内"。石亭，乃蓝顶白玉亭。亭中有雕汉白玉石莲花座，上置渎山大玉海。《辍耕录》云："黑玉酒瓮，玉有白章，随其形刻为鱼兽出没波涛之状。其大可贮酒三十余石。径四尺五寸，高二尺，围圆一丈五尺。至元二年告成，敕置广寒殿。"后北海琼岛上的广寒殿败毁，玉瓮流落到西华门外真武庙，寺内道士不识其为稀世珍宝，竟当做盛菜的大瓮使用。正如清乾隆间翰林院庶吉士郑虎文在和乾隆的《玉瓮歌》时所云，"委弃道院岁已多"。乾隆于一七四九年，命人以重金购回，置于团城石亭，同时写《玉瓮歌》镌于瓮内，并命内庭翰林写诗相和。

二〇一二年四月，八百岁北海团城谢客大修。此系中华人民共和国成立后团城的首次大规模修缮，据称斥资一千七百万元，年底竣工。而关于承光殿有镇殿之宝的传闻，或在修缮时有个分晓。

遗经辛苦穷编葺
——国子监与皇帝辟雍讲学

壬子年（1912）六月二十五日，大雨骤来，傍午霁。吃过午饭，教育部佥事鲁迅与同僚视察国子监及学宫。"见古铜器十事及石鼓，文多剥落，其一曾剜以为臼。"鲁迅批评道："中国人之于古物，大率尔尔。"

国子监又称太学，学宫即孔庙，与国子监毗邻，庙中有周代祭器及石鼓。当时教育部拟在国子监设历史博物馆，故鲁迅前往视察。同年七月，教育部向国务院会议建议在国子监旧署筹设历史博物馆，不久即获同意。于是在国子监彝伦堂设筹备处，并开始清查原有藏品和采购北邙等地出土文物。九月五日上午，鲁迅同教育司司长及数同僚再赴国子监。历览一过后，国子监管事留一干人午饭。那日鲁迅兴致很高，从国子监出来，"偕稻孙步至什刹海饮茗，又步至杨家园子买蒲陶，即在棚下啖之"。

筹备处于一九一八年迁至午门前左右朝房，一九二六年十月历史博物馆正式对外开放。

癸丑年四月一日，鲁迅在日记中写道："午后同夏司长、齐寿山、戴芦舲赴前青厂观图书分馆新赁房屋，坐少顷出。又同齐、戴至青云（阁）饮茗。"京师图书馆所在地广化寺地处僻远，房屋破旧潮湿，不宜保存书籍，故教育部在另觅馆址的同时，租得宣武门外前青厂民房一座，于本年六月开设分馆。一九一四年，分馆迁至前青厂西口永光寺街，一九一六年初又迁至宣武门外香炉营四条胡同。

直到丁巳年正月二十六日，京师图书馆才在方家胡同重新开放。据鲁迅当日日记载，"上午赴京师图书馆开馆式"，并合影留念。

此外，教育部曾获准到故宫午门设置京师图书馆，后因故作罢。

乙卯年（1915），热河文津阁所藏《四库全书》运京时为内务部截取，后经教育部多次交涉，是年八月二十五日内务部始同意归还教育部，后收藏于京师图书馆，为镇馆之宝。鲁迅受指派前往协商移交手续。有鲁迅九月一日日记"午后同戴芦舲往内务部协议移交《四库全书》办法"为证。

金时，设国子学、太学。元、明、清，国家最高学府是北京的国子监。

国子监位于安定门东南隅成贤街北，北临城垣。元太宗窝阔台于一二三三年在北京建国子学。至大三年（1310），国子学已见规模。百年之后的明永乐元年，明成祖在北京设国子监，置祭酒、司业、监丞、典簿各一员，下设博士、助教、学正、学录等职。祭酒，好比当今校长；司业，好比负责全面教学工作兼各项事务的副校长；监丞，主管学规；博士，讲释经典的教授；助教，从事教学辅导工作的教师。元、明、清时，国子监的教学科目是礼、乐、律、射、御、书、数等，是为朝廷培养官吏的最高学府。大凡谋求仕途的文化人，都以入学国子监为荣。明朝永乐间，科举日盛，到国子监求学者多达万人。学生有各省推荐的品学兼优的贡生，也有花钱捐得就学资格的自费监生。学生通过殿试考取进士者，金榜题名并刻名于孔庙。

按"左庙右学"的封建礼制，国子监建在孔庙之西。大门外东西各建牌楼。大门三开间，竖匾曰：集贤门。二门为太学门，门上有竖额"太学"二字，门内有琉璃牌坊一，庑殿式坊顶覆黄琉璃瓦，下为三座圆形券门，有盘龙刻于坊壁。南北有匾额，南曰"圜桥教泽"，北曰"学海节观"。

国子监按中国传统中轴两厢对称的美学原则建造，占地百亩余，三进院落。据《宸垣识略》载，中曰彝伦堂；东廊为绳愆厅和鼓房，有率性、诚心、崇志三堂；西廊为博士厅和钟房，有修道、正义、广业三堂。东西对称的两侧各有三十三间房。乾隆五十年，在国子监建筑中轴线中心，建辟雍宫，即皇帝讲学"临雍"之处。"宫四面出向，周以环池。有桥四，前有碑亭二。"池四周各有一龙头吐水，世人称"辟雍泮水"。又载"是年二月上丁，皇上亲行释奠，临雍讲学，举行盛典"。乾隆讲学，写诗四首勒石刻碑，立于国子监。清人刘藻写《圣主临雍礼成恭纪》诗，有"圣世文明启，敷天教泽宣。虞廷垂旧典，阙里溯薪传……"颂皇帝的辟雍功德。而诗中也有"瓦灿黄云色，池流翠藻鲜""秾花轻著雨,细柳淡笼烟"等句,让人们看到学府里除"观光州十二,习礼众三千"的隆重场面之外,尚有这般幽雅的美景。

《清史稿》载,乾隆三十三年(1768),将国宝周时十件礼器法物,陈于国子监殿庭。分别是牺尊、雷文壶、子爵、内言卣、康侯爵、鼎盟簋、雷纹觚、召仲簋、素洗、牺首罍。此外,国子监还保存有我国目前最为完整的一部十三经石刻。十三经石刻共有一百八十九座,还有"御制辟雍工程碑"一座。

十三经包括《易经》《尚书》《诗经》等十三部儒家经典,由曾就读于国子监的江苏金坛贡生蒋衡缮写十二年完成,于乾隆五十九年(1794)刻成,堪为文化珍宝。

鲁迅所说的国子监有石鼓十面,元成宗大德年移此。"石鼓之文可见者四百六十五字,潘迪音训载四百九十四字,薛尚功帖载四百五十一字",至清乾隆时存三百二十五字。《御制诗注》记载,乾隆己巳年,发现摹拓本,存三百五十六字。吴苑作《古鼓歌》:

> 辟雍钟鼓罗俊奇,忝临六馆重皋比。
> 庙楹洒扫释菜毕,顾视石鼓环庑墀。
> 彭亨囷蠢数盈十,刻画文字无鼎彝。
> 文百二行字五百,从甲至癸完无遗。
> 始终记述渔狩事,中载策命诸臣词。
> 细文浅刻坚且好,阅三千载光娥羲。

> 曾经决啮受风雨,岂用蟠负承鳌螭?
> 韦韩二苏染大笔,助流宝气长赫曦。

此诗太长,仅引十六句。吴长元按:"石鼓籀文虽与大篆小异,然离钟鼎款识未远,其为三代之物信矣。而诸家或疑之,马子卿至谓宇文周所刻,诚伧父之言也。"伧,古人用以讥人粗俗、鄙贱。

"国子监有定武兰亭并乐毅论,明王同祖等丁香花诗石刻,又老彭观井石刻,元代题名碑三,明代题名碑七十有六,在棂星门内。"查慎行《杂咏》诗记石鼓、兰亭:

> 陈迹摩挲亦典型,岐阳石鼓晋兰亭。
> 承平盛世差能记,两座公侯听五经。

国子监还藏元时国学刻板,有"孟四元赋一百一十三片"。据刘京叔《归潜志》记,孟宗献,金代时考科举,魁于乡、府、省和廷试,故有四元之号。

国子监有一株古柏,据传为元祭酒许衡所植。吴苑《古柏行》诗,有"一株参天势更奇,郁蟠元气何淋漓。摩挲岁月犹可识,许公手植非传疑。……当年元儒推第一,遗经辛苦穷编葺"句,证明许衡植柏不虚,"君不见:皇帝贡生皆成尘,古柏尚存说辟雍"。

孔子生日传说是夏历八月二十七日,癸丑年九月二十八日鲁迅在日记中记曰:"总长令部员往国子监,且须跪拜,众已哗然。晨七时往视之,则至者仅三四十人,或跪或立,或旁立而笑,钱念劬又从旁大声而骂,顷刻间便草率了事,真一笑话。"

嘉树栽培用意深

——从首善学院到京师大学堂

首善书院,位于宣武门内,东沿城根儿西口,是明天启二年左都御史邹元标、左副都御史冯从吾等人所建。后礼部尚书徐光启率洋人汤若望借书院修历,名曰历局。清朝时,仍令洋人居此,治理时宪书。康熙帝玄烨特为书院题门额"天文历法可传永久"八字,是"中学为体,西学为用"的较早一例。

书院,多是文人进修传道的场所,代表当时的文化最高水平。

《宸垣识略》对各地书院兴衰介绍较为详细,"书院之设,莫胜于元:设山长以主之,给廪饩以养之,几遍天下。其在京师者有太极书院。明初各省俱有书院,自张江陵当国,始行严禁。江陵殁后,复稍稍建置,一时著名者徽州、江右、关中、无锡。至天启中,京师始有首善书院。不知者统谓之东林,但借东林二字以害诸君子。盖东林乃无锡书院名也,宋杨龟山先生所建,后废为僧寺。顾泾阳先生宪成自吏部罢归,购其地建杨先生祠,同志者相与构精舍居焉。至甲辰冬,始与高忠宪数公开讲其中,立为会约，一以考亭白鹿洞规为数，然躬与讲席者仅数人。时泾阳先生已辞光禄之召不赴，与新进立朝诸公漠无与也。适忠宪起为总宪，疏发御史崔呈秀之赃，呈秀遂父事忠贤，曰唉忠贤曰：东林欲杀我父子。既而杨、左诸公文章劾，珰益信诸人之言不虚也，于是遂首毁京师书院，而天下之书院俱毁矣"。从文中可以看出，因官场权力斗争和贪官的诬陷，京师乃至全国书院遭受过两次毁灭性破坏。特别是明朝宦官魏忠贤专权兼掌东厂，结贪官为羽翼，作乱于朝。御史崔呈秀，巡按淮扬，因贪赃枉法，有民愤，被曾为东林士子的都御史高攀龙揭其罪状，其被革职，等候处理。崔夜走魏忠贤所，乞为养子，成魏心腹，复官。后崔呈秀捏造事实，撰东林党人《同志诸录》，不附东林者撰为《天鉴录》，供魏凭之以黜陟。一日，其对魏曰："东林欲杀我父子。"不久，天下书院俱毁矣。东林士子也多被斥逐。自秦焚书坑儒，历史上有多次破坏文化教育的倒行逆施，但有政治眼光的统治者，为了强国富民，无不重视文化教育，文化教育非但没有灭绝，反而不断发展和繁荣。

清北京宗学始设于顺治年间，雍正二年分设左右翼宗学，专供三公、将军及闲散宗室的子孙就学。又订立宗学制度，王公子弟年十八岁以下，可入学。专派王公一人总管，下设一干教习人员。此外，还建觉罗官学、八旗官学供宗室外的八旗子弟就学。但据《旧京琐记》载："贵家子弟，驰马试箭，调鹰纵犬，不失尚武之风……别有坊曲游手，提笼架鸟，抛石掷弹，以为常课。"其办学质量，可想而知。

同治元年（1862），在洋务运动的推动下，由恭亲王奕訢倡议，在京创办京师同文馆，专门培养外交和翻译人才，是京师第一所洋务学堂。戊戌维新运动时，光绪载湉批准建立中国第一所现代大学京师大学堂，此即北京大学的前身。这或可印证吴苑《古柏行》中"嘉树栽培用意深，周模孔楷千秋则。至今偃盖拂云端，雍容子弟趋盘桓"一语。

金色界中兜率景
——先有潭柘，后有北京

潭柘寺是北京最古老的寺庙，燕人谚曰："先有潭柘，后有幽州（后被改为"后有北京"）。"

潭柘寺始建于西晋，距今已有一千七百多年的历史。潭柘寺位于京西门头沟区崇山峻岭中，因山上有"龙潭"，又多"柘树（落叶小乔木）"得其名。因其寺建筑古朴雄奇，四周林木苍郁，流泉飞瀑，环境灵秀优雅，有"潭柘奇秀，甲于天下"之说。潭柘寺有十景名闻天下：九龙戏珠、雄峰捧日、千峰拱翠、平原红叶、锦屏雪浪、层峦架月、飞泉夜雨、殿阁楠薰、万壑堆云、御亭流杯。潭柘寺又是北京最古老的佛教圣地。

金章宗喜游山玩水，距中都城最近的西山到处都留下他的足迹，他曾为此处青山作的《仰山诗》：

金色界中兜率景，碧莲花里梵王宫。

鹤惊清露三更月，虎啸疏林万壑风。

据《宸垣识略》载:"岫云寺即潭柘寺,在罗睺岭平原村,去京城西北九十里。晋曰嘉福寺,唐名龙泉。燕人谚曰:先有潭柘,后有幽州。此寺之最古者。本朝康熙间赐今名,有圣祖暨今上御书额,又御诗碑三,并御书心经及心经塔图。寺内有倚松斋、延清阁、猗玕亭、太古堂,皆临幸憩息之所。"金皇统年间,曾改名大万寿寺。寺名多更迭,俗名潭柘寺恒久不变。寺有泉从山而来,涓涓者不绝,但寺中原有一株古柘,高丈许,久枯,僧人覆以瓦亭。后不存。寺中另有一宝,乃是龙王殿廊里的石鱼,长约四尺,重约一百五十斤。远观似铜铸,叩之如磬声悦耳,系一陨石。后毁废,今所见石鱼,为复制品。

寺内建筑,依中轴线布局,中轴线左右两侧基本对称,体现了中国古建筑的美学原则。寺庙中心,大雄宝殿、天王殿,气势恢宏,重檐大脊,据《宸垣识略》载,两端的大型琉璃鸱吻和殿壁的绘画"犹是辽金前所绘;两殿鸱工绝,金元时故物也"。寺中置有一炒菜锅,直径六尺,深三尺余。另一粥锅直径丈二,深六尺,一次煮粥放米十石,熬十六时辰,粥香而黏。据传此锅有"漏沙不漏米"之说。二锅可证当年寺中僧人众多,香火旺盛。有史料说,晋、梁、唐、宋、辽、金,"代有尊宿",而唐代僧人华严师最为著名。

关于潭柘寺有不少传说。有云,山中有神龙,"施潭为寺,一夕大风雨,潭成平地……佛殿基即潭也"。又云,"殿中二蛇,长五尺余,名大青、小青,藏红箧中。箧标护法龙王。蛇无定止,或自逸野中,鸣钟则至。恒自箧穿炉足,交蟠供桌上"。

甚至当地旧县志也有所记，"龙去而子犹存，青色，长五尺，大如碗，时出现"。清人吴长元指出，蛇藏红箧云云，乃穿凿附会之说。但"潭柘寺有元妙严公主拜砖，双趺隐然，几透砖背"，却言之凿凿，记于《日下旧闻考》。据说，元世祖忽必烈之女妙严，削发潭柘寺，每日拜佛不辍，足下之砖，被磨出深穴，可没脚面。明万历壬辰，孝定皇太后想见识这块"拜砖"，遂命人用黄花梨木匣装此砖，迎入皇宫，后复送归寺。清朝曹仁虎诗曰：

早谢椒涂习呗音，琉璃地上足趺深。
生尘不学凌波步，入石偏符面壁心。
合向花龛供拂拭，未随薜砌付消沉。
九莲异代同禅契，长护芳踪到梵林。

施闰章《潭柘分得柘字》：

良游欣素侣，越岑骋幽暇。
眷兹云外峰，尘缨罕策驾。
缘阶泻碧泉，古树卧残柘。
旧闻此海眼，真僧夺龙舍。
灵迹信有无，蜿蜒见犹乍。
阳坞竹还青，春渚梅未谢。
栖宿倘岩扉，潺溪响清夜。

潭柘寺周围尚有附属建筑及景观，上下塔院保存有从金以来的七十五座僧塔，为燕京佛塔数量之最、种类之最、保存完整之最，造型无一雷同，可称"燕京第一塔林"。主塔通理禅师塔及塔林诸塔，皆存放历代高僧舍利，弥足珍贵。潭柘寺既是一处有灵山飞泉的风景胜境，又是一座有着丰厚文化遗产的宝库。

早花零落晚花开
——帝京的花树

"花界倾颓事已迁,浩歌遥望意茫然。江山王气空千劫,桃李春风又一年",这是元耶律楚材《鹧鸪天》词中的几句。岁月蹉跎,世事沧桑,帝京的繁华已去,而那些曾经的如锦花树,或尚残存,或留诗词间。现采撷几株、几枝、几朵给君看。

阜成门西有宣家园,为宣城伯卫公别业,多奇石,也有牡丹。后居焦鸿胪,称蕉园。

查慎行《杂咏》诗写得古雅闲淡,抒发感时伤乱、世事无常的心境:

> 宣园何日换蕉园?怪石荒亭倚断垣。
> 只有牡丹怜旧主,一番风雨一销魂。

海淀畅春园,明时为戚畹武清侯李伟别墅。渊鉴斋往东过小山口北,有府君庙,院内也植多种牡丹。

查慎行有《渊鉴斋乘舟至瑞景轩、蕊珠院、露华楼,遍观各种牡丹恭纪》诗:

> 行陪阆苑神仙侣,看遍春风稳重花。
> 浓淡何心随造化,丹青难貌是韶华。

远看牡丹花开,"白日光中云五色,明波濯处锦千端";近观牡丹,"蕊珠一本尤奇绝,径尺重台两并头",为并蒂苑也。"一片炉烟成百和,袖中携得国香还",看罢牡丹,袖带花香。

三里河有钓鱼台,乃金时行宫,花团锦簇。乾隆三十八年,引香山水至此,浅水洼变为水面广阔的湖泊。

宋荦《钓鱼台》诗:

> 欲访垂纶处,长歌暮坞来。
> 澄波飞野鸭,断岸失孤台。
> 正喜青藤共,宁愁画角催?
> 胜游应再续,计日牡丹开。

诗人描绘出春日牡丹盛开之画图,从中亦见出诗人自得其乐的心情,在写景抒怀中含有理趣。

右安门外南十里有草桥,众水所归,风景旖旎,"十里城南绿满川,春风春柳自年年"。当地人多种水稻,亦有以莳花为业者。水可养莲,花香数里。另开花圃种芍药牡丹。然诸花皆种,唯不能养兰。

查慎行《杂咏》诗,意象丰富。

　　草桥十里百花妍,只有幽兰种不传。
　　生长山中畏尘土,托根谁羡帝城边。

查慎行又有《万柳堂》诗:

　　梁园千顷牡丹红,不及廉园花万丛。
　　未老先归贤相国,肯将花事媚东宫。

沈德潜《过草桥年氏园看芍药》诗,层层布景,色彩明丽。第一句就写出草桥春色。最是"对花把尊酒"句,将祥和快乐的氛围渲染出来,具有浓厚的生活气息。"醒酒来清风",极为传神,又具意趣。

　　城南饶菰蒲,陂塘净寒绿。
　　闲园平田际,径衍缭而曲。
　　同人赴嘉招,林阴驻车毂。
　　亭台位帖妥,堆阜互起伏。
　　名花故将离,缤纷耀罗縠。
　　插楥扶低亚,篆牌分种簇。
　　对花把尊酒,念旧感华屋。

> 白杨乍成树，朱轮已摧轴。
> 天时变燠寒，人事有往复。
> 浩浩发高歌，秾艳偶娱目。
> 吾徒一饷乐，取适匪取足。
> 醒酒来清风，松涛响谡谡。

阜成门外有嘉兴观，其右为明太傅惠安伯张公园，种芍药、牡丹各数百亩，可谓壮观。每逢四月，芍药、牡丹盛开，主人便提供小竹篮，供游客采摘。

查慎行有诗，看似写景，实发兴衰之叹：

> 花塍迢递竹兜过，百顷张园似锦窝。
> 四十余年筋力尽，主人看少客看多。

明李戚畹别墅在海淀，园广十里。园中牡丹多异种，以绿色形如蝴蝶牡丹最为奇特。春天牡丹齐放，足可称花之海。

明袁中道《海淀集李园》诗，咏物之妙，在不即不离之间。

> 满目尘沙塞路谿，梦魂久已忆山栖。
> 谁知烟水青溪曲，只在天都紫陌西。
> 镇日浮舟穿柳涧，有时骑马出花畦。
> 到来宾主纷相失，总是仙源路易迷。

南花园在西苑门往南,明时为石灰池,废后留有七十二洞。因其临河,灰洞内多泡有稻草,也有在灰洞坑内种植瓜蔬以备冬季者。如立春日,坑内的萝卜已碗大,名曰咬春。至清时,杂种花树,冬季洞内生炉取暖,凡江南苏杭运来的盆景,皆进洞坑培植,且种芍药、牡丹诸花,每岁元夕送皇宫摆设——想来必定春意盎然。

查慎行《灰洞》诗,语言平易通俗,诗中有人间烟火气。

出窖花枝作态寒,密房烘火暖催看。
年年天上春先到,腊月中旬进牡丹。

文渊阁芍药,乃明宣德年栽种,原本每年开花,至代宗朱祁钰景泰间在其左右增种之后,再不开花。

天顺元年(1457),大臣徐有贞、许彬、薛瑄、李贤同时入为学士,居中一本芍药遂开四花,其中一朵久开不败。不久,徐、许、薛三位大学士都被革职,唯李贤独留。第二年春,各株芍药皆萌芽,左二右三,中则萌芽甚多。此时,朝廷又有八人同升学士。李贤约八位在芍药花开时共赏。四月,盛开八花,李贤于是设宴以赏花。那时,李贤"有玉带之赐,诸学士各赐大红织衣,且赐宴"。赏芍药时,诸人以色命芍药:芍药纯白者,叫玉带白;深红者,曰宫锦红;淡红者,称醉仙颜。

宴时,唯黄谏一人因足疾未赴会。第二天,又开一花,众人都"谓谏足以当之"。李贤赋诗十章,同僚官员四十人也都唱

和,汇成《玉堂赏花诗集》。李贤序之,八位新进学士之一彭时作后序。李贤《玉堂赏花》:

> 禁苑时和品汇芳,独怜芍药异寻常。
> 倚阑着雨含香态,出砌迎风寒晓妆。
> 下体曾资和鼎味,佳名不羡束腰黄。
> 清吟愧我非元白,聊为儒寅泛一觞。

据考,宣德八年(1433)诸官员曾有《文渊阁赏雪诗》《词林纪事》等题咏,不独赏花。

鼓楼南有万宁桥,又名澄清闸,清时称后门桥。金水河自此向东南,流入东步粮桥,然后穿皇城东南而出,此处叫御沟。御沟植荷花,每至夏秋,荷花、莲藕自成一景。

咏物诗不能太实,也不可太虚,元马祖常《御沟春日》在实、虚间写出春日御沟色彩缤纷、摇曳多姿的景色。

> 御沟流水晓潺潺,直似长虹曲似环。
> 流入宫墙才咫尺,便分天上与人间。

> 春波十顷碧琉璃,向日楼台照影时。
> 好为画船多载酒,半酣西望碧参差。

> 水南沙路雨清尘,桃李花开蛱蝶春。

三月京华寒食近，东风十里酒旗新。

元张翥《金水河闻苑池荷香》诗，一句一景，绘出金水河畔那明丽、开阔、生动的图画。"早"与"迟"写出了空间感，"爽"与"吹"二字又道出欢愉的心情。

立马金桥上，荷香出苑池。
石桥秋雨后，瑶海夕阳时。
深树栖鸦早，微波浴象迟。
烦襟一笑爽，正喜好风吹。

德胜门向西里许，有水关，水关西有莲花社，再往西，有虾菜亭，不远处有千亩水稻田。

查慎行《杂咏》诗咏秋，却无悲情之叹，而是于"看稻花"中看出生活的乐趣：

虾菜亭虚水浸沙，城头风折雨丝斜。
秋来南客多乡思，不看荷花看稻花。

积水潭离虾菜亭很近，潭上有镇水观音庵，明永乐间建，清乾隆二十六年（1761）改建，赐名汇通祠，有御制诗碑。

元赵孟頫《海子即事》诗：

白水青山引兴多，红裙翠袖奈愁何！
　　祗从暮醉兼朝醉，聊复长歌更短歌。
　　轻燕受风迎落絮，游鱼吹浪动新荷。
　　余杭溪上扁舟好，何日归休理钓蓑？

赵孟𫖯身历宋亡之痛，虽然寄情于书画，但风格和婉，闲情逸致。此诗看似悠然游湖，赏风光，而透过闲情，仍见到感事伤愁的怀抱。故其诗沉而不浮、郁而不薄，源于风骚，充满抑塞磊落之气。

积水潭西有莲花庵，林木葱茏，后有一台，高可瞰湖。

明于慎行《莲花庵》诗，最后两句为诗眼，从宗教情绪中突然跳出，自然而有人间的生气与意趣。

　　禅宫遥倚北楼开，楼下平湖落照来。
　　金水环城全象汉，莲花涌寺宛成台。
　　诸香各捧空王座，一叶能浮太乙杯。
　　便是忘归归亦醉，夕阳清角莫相催。

青龙桥在颐和园北五里，向北可望见百望山。七里泊从昌平碾庄流下，过青龙桥。

查慎行《青龙桥》诗，借写青龙桥抒思念故乡海宁之乡愁。

　　瓮山西北巴沟上，指点平桥接碾庄。

自凿清渠成石碣，尽迴流水入宫墙。
　　残荷落瓣鱼鳞活，高柳飘丝鹭顶凉。
　　不碍蹇驴行躄躄，有人缓辔正思乡。

海淀有座澄怀园，原是大学士张廷玉赐园，后毁于火，再后改为内廷翰林公寓。澄怀园多水多树，亦见荷花。

沈德潜《游澄怀园》诗写夏日风光，犹如一幅色彩鲜明、情调清和的图画，以此诗论"诗中有画"足以当之：

　　名园水木互潆洄，地近离宫绝点埃。
　　虞褚并官亲禁掖，邹枚分宅住楼台。
　　荷风入座香难散，鸥侣依人梦不猜。
　　行到苑墙遥指点，此间合号小蓬莱。

朝阳门外有元董宇定杏花园。董宇定，天师张留孙弟子，在杏花园植杏千株，使其成为朝阳门一处园林。虞道园等名人常到访并题咏。

虞道园《风入松》词，乃闲情之赋。上片一派温馨，皆是记忆；下片乃实景，更显旧情之缱绻难忘：

　　画堂红袖倚清酣，华发不胜簪。几回晚直金銮殿，东风软、花里停骖。书诏许传官烛，轻罗初试朝衫。
　　御沟冰泮水挼蓝，飞燕语呢喃。重重帘幕寒犹在，凭谁寄，银字泥缄？为报先生归也，杏花春雨江南。

阜成门外八里，有慈寿寺，旁又有摩诃庵，明嘉靖丙午建。万历后，庵内杏树多至千余株，花开时节，游人最甚。

高士奇有《摩诃庵看杏花》诗，无杏花风韵之描写，却笔笔是杏花，诗立意奇巧、气韵流畅，洋溢着一种乐观向上的情趣。

青郊路转见芳菲，日暖园林燕子飞。
别圃乍经山杏落，僧厨新煮药苗肥。
繁花舞蝶迎人面，细草轻烟上客衣。
更向层台高处望，千峰螺黛送春晖。

出西直门往西七里许，有广源闸，乘舟沿此水西去，可达颐和园。广源闸南有兴胜庵，明万历年间造，庵内有杏树。

查慎行有《兴胜庵看杏花》诗。诗人到寺庙，看到"韶光"杏花"处处同"，又感怀"花开花谢"瓣走轻飏的宦情，便有"伤春易白头"沉浮之忧。

幸是韶光处处同，胜游随意转芳丛。
别开香界松林外，遥指烟村杏社东。
黛色浓添三面绿，日痕微减一分红。
只须十步凌丹阁，多少花头在下风。

及记当时载酒游,旧题几壁拂尘留。

重随客到僧犹识,不待人言我欲愁。

牧笛声中芳草路,鞭丝影里夕阳楼。

花开花谢年年事,岂料伤春易白头。

西山林木繁茂,山中有龙泉禅林,乃滕公寺。由此往南数里,可至万佛阁,再南则是杏子口。其道旁老杏树甚多,当地人曰:"百余年物。"

查慎行《杏子口》诗,用语平实,甚或俚俗,却有哲理意味。

金碧四十二,苍茫一万重。

乱云遮不断,来去是晨钟。

元时,有海云寺,后寺毁,已无考。史载当时寺内有二株千叶杏,名芙蓉杏。后有一官吏傅岩起在京筑清宴堂,采千叶杏花,插瓶中供客人清赏。一日,张叔夏见之,即填《三姝媚》词,通篇音节谐婉,词意清丽,用典熨帖无痕,下片"带笑痕来伴",可谓凄丽入骨。

芙蓉城畔侣。乍卸却单衣,茜罗重护。傍水开时,细看来、浑似阮郎前度。记得小楼,听一夜、江南春雨。梦醒箫声,流水青蘋,旧游何许?

谁翦层芳深贮。便洗尽长安，半面尘土。绝似桃根，带笑痕来伴，柳枝娇舞。莫是孤村，试与问、酒家何处。曾醉梢头双果，园林未暑。

元时杏花，齐化门外东岳庙最繁盛。齐化门在明正统年改朝阳门。当年，翰苑风流，每到春暖杏花开时，群公常聚东岳庙石台宴饮赋诗，盛况空前。

纳新诗，以"杏花开"摄早春之魂，着实新切；以"白头骑马看花来"写大地回春、万物更新之生机勃勃。

上东门外杏花开，千树红云绕石台。
最忆奎章虞阁老，白头骑马看花来。

到了明代，东岳庙杏花渐衰。万历后，阜成门外的摩诃庵杏花最好，官吏墨客又蜂拥至此。朱养醇有诗，可一读：前写杏花开放的景色，后写诗人愉悦的心态。"曾与""看花"点出翰苑之生活气息。

摩诃庵外袖吟鞭，繁杏春开十里田。
曾与村翁旧相识，看花不费酒家钱。

紫禁城内乾清宫有梅树。朱彝尊《十三日乾清宫赐宴》诗，多是颂圣感恩。

诏许宫门入,人随陛戟移。
江梅低压帽,火树密交枝。
既醉盈觞酒,无疆万寿诗。
梦游真不到,今夕奉恩私。

与端凝殿相对的懋勤殿,为贮存图史翰墨之地。此地亦有古梅。张英《懋勤殿古梅》诗,"一朵红云捧玉皇",也极尽谀颂。

秘阁寒香旧赋诗,春风又见上林枝。
年华愈觉君恩重,常藉梅花记岁时。

储秀宫之西为西二长街,其北为百子门。门外东有重华宫,也植梅树,有雍正御书,"每岁新正赐内廷词臣茶宴于此"。

沈德潜《恭和御制正月十日小宴重华宫示大学士内廷诸臣元韵》诗,其价值不在诗,而在于为后人记录了一次皇帝宴请臣子的活动,让我们得以一窥皇宫活动。

重来瑶席从群仙,瑞雪初消景物鲜。
歌诵唐虞真幸矣,班联风雅亦欣然。
鱼旗牧梦占丰岁,松鹤天书赐老年。
林壑已安仍恋主,潞河归棹敢云遄。

日丽风和是令辰,赐来珍馔命重申。
宸章纪盛高唐律,乐府联吟见汉人。
十叶蓂还开旧荚,一枝梅已绽新春。
银花火树逢元夕,又听千门笑语频。

玉渊潭在阜成门西,柳堤环抱,沙禽水鸟,景气萧爽。

明王嘉谟来此游后写诗,"草凄凄""夕阳低",有伤春的味道。

玉渊潭上草凄凄,百尺泉声散远溪。
垂柳满堤山气暗,桃花流水夕阳低。

白纸坊在南城,当地多以造纸为业。有崇效寺,曾有明夏子开、区大相两石碑,谓该寺建于唐太宗李世民贞观元年(627)。清中期康乾时,明世宗朱厚熜时太监李朗于寺中所建藏经阁尚存。

王士祯有《过崇效寺访雪坞法师看枣花》诗,全诗没有春日不寻常的生机与情趣,而多佶屈聱牙的用词和古奥的用典,读来毫无神趣。

祇园枣花时,招携共游散。

> 仿佛栴檀林，吹香绿阴满。
> 射覆叱来来，乐府歌篡篡。
> 乐此淡忘归，林中夕阳缓。
>
> 王谢居东日，颇爱支道林。
> 亦有雁门僧，宗雷并招寻。
> 我来空寂舍，一契山水心。
> 复有二三子，清言涤烦襟。
> 递捉玉尘柄，流憩青松阴。
> 何必嵊县游，而忆庐山岑？

朱彝尊《崇效寺》诗：

> 缭垣途转曲，入寺淖初干。
> 尚有残僧在，同寻断碣看。
> 白花秋细细，红枣晓攒攒。
> 更上荒台望，遥山五髻盘。

王士禛赏枣花，朱彝尊看红枣。朱长王五岁，同在康熙朝为官。王士禛为清诗一大家，也是当时诗坛领袖之一，学唐诗不宗李白、杜甫，而尊王维、孟浩然，创"神韵"之说。朱彝尊博通经史，亦擅长诗词古文，而词成就尤高，以姜夔为师，风格清丽醇雅，为浙西派词风创始者，其诗与王士禛齐名，清峭苍劲。其时，朱王并称。

清吏部，在正阳门（俗称前门）附近的宗人府之南。吏部大殿有雍正御书堂额，曰"公正持衡"。穿堂之右，有三间房叫"藤花厅"，是当时吏部长官办公之地。其院有一株明时吴宽手植紫藤。植藤时，他写有自题诗。

> 手种朱藤已七年，长条缘架每相缠。
> 只看叶密清阴覆，忽报花多紫粉悬。
> 风下掉头嫌一老，雨余舒眼眄三贤。
> 从今堆字诗还和，写入当时草木篇。

王士祯《吏部藤花下》诗：

> 日斜人吏散，杂坐古藤阴。
> 时有凉风至，泠然开我襟。
> 周行聊寄迹，邱壑共论心。
> 尚忆延陵叟，清徽感至今。

汤右曾有《藤花厅花时偶作》诗，"偶作"，便风格清新，看似直白却另有深意，耐人回味。

> 文书堆案眼从遮，不记藤阴日又斜。
> 满架丰茸缀缨络，两株诘曲走龙蛇。

> 似闻西省新栽竹,空忆东堂旧种花。
> 六七年来几闲日,风炉雪乳一瓯茶。

汤右曾还有《藤花厅花事将阑》诗:

> 一年容易及花时,待到花开看校迟。
> 槐柳阴中春已老,燕莺声外蝶先知。
> 绿云片片将成幄,紫玉条条尚缀枝。
> 三百年来遗事尽,风流留得在曹司。

汤右曾之"风流留得在曹司",正成谶语,没过多久,古藤已不可见,独方兴邦撰记石刻在乾隆年间尚存,而今自然亦是早已灰飞烟灭,无迹可考。多亏有吴宽、王士禛、汤右曾之诗留存人间,让后人知道这株古藤的命运。

卧佛寺殿前有二棵桫椤树,又称娑罗树,据说来自西域。相传建寺时栽,康乾时已三人抱围。其"叶似柟,皮如玉兰",洁净,鸟不栖、虫不生子,花苞如拳大,子如橡栗。

王士禛《卧佛寺》诗,写禅院环境优美,幽僻、空寂,诗中蕴含一种恬淡的情绪,令人顿生超凡脱俗之想。最后两句,包含着某种禅理,与寺庙的环境十分协调,表现了诗人王士禛心境的清寂。

> 清晨越南涧,毕景来东林。

石径入幽阒,稍闻钟磬音。

禅房鸭脚古,别院桫椤阴。

春夕月复佳,微云灭遥岑。

山气自蓊郁,天宇亦森沈。

道人淡相对,松风洒衣襟。

凤怀清净退,因识妙明心。

寂寥无可说,请君张玉琴。

宋荦《自玉泉至卧佛寺》诗,也有"桫椤夹殿作虬舞,油油新叶浓阴加。披襟跂脚送落日,斗大树瘿与徒夸。故人命酒余戒饮,清泉一勺煎三桠"句。

韦公庄别墅,明正德年太监韦霦所建,故称韦公庄。韦公庄四面多水,荻花芦叶、寒雁秋风,常令一干文人官吏作江乡之想。

韦公庄原有柰子、海棠、蘋婆等树,乾隆时已无存。昔时,韦公庄柰子古树婆娑数亩,春时花开,望之如雪。当时,韦公庄柰树与戒坛老松、显灵宫柏并称为"卉木中三绝"。

查慎行《杂咏》诗,有孤云野鹤的恬淡,情趣盎然;有人物、有情节、有环境,既写景又抒情,言少而意多,读之有悠然不尽的意味:

一株柰子数亩雪,六丈蘋婆万朵霞。

小借山僧瓮中酒,来看宫监寺前花。

左安门外有宏善寺,宏善寺南有观音阁,内有海棠三株,每至春日,其花繁盛似云,灿如堆锦,香气满园。

王士禛《宏善寺看海棠》诗为一首咏物之作,传神地写出了海棠花的仪态风姿,能让人想起苏轼的《海棠》七绝。

> 韦杜城南十万家,东风处处酒旗斜。
> 不知冷节匆匆过,犹见僧楼一树花。
> 木鱼声静佛香迟,日午风帘自在垂。
> 好是维摩方丈室,恰逢天女散花时。

紫禁城内,有内阁,即"大学士直舍",在昭德门东南隅,门面西,阁朝南。沈德潜有《夜宿中书省》诗:

> 独宿丝纶阁,虚堂灯火清。
> 窥檐星汉影,记夜柝铃声。
> 报称惭须鬓,疏慵负圣明。
> 家园通梦寐,游钓忆平生。

内阁种有兰花,置于二磁缸中,乃"明宪庙所赐"。内阁北垣还有一株老楮,岁久成阴,"相国泽州公机务之暇,时一憩焉"。楮,一种落叶乔木,果实为红色。泰州禹之鼎绘成《楮窗图》,并自题诗二首于上,今已不存。

查慎行有诗,写有关楮树事:

洵知黄阁异人间,独树能高便不顽。
潇洒坐看移日影,婆娑行爱绕苔斑。
堂餐撤后仍开卷,赐杖携来正押班。
为报官居如邸第,太平机务有余闲。

翰林院署,在东长安街上,玉河桥之西。清康乾时,"院中先师庙庭古桑尚存"。

明李梦阳有《古桑》诗。李梦阳,弘治进士,授户部主事,后因反宦官刘瑾而入狱。瑾死,起官江西提学副使。其反对虚浮的"台阁诗",提出"文必秦汉,诗必盛唐"主张。《古桑》诗有唐诗遗风。

采桑玉堂阴,分蚕长安郭。
一劳累百枚,再分连数箔。
宁知富贵地,此物能沃若。

采桑玉堂阴,阴浓树婆娑。
一采不满筐,竟日能几何?
乃知富贵地,不及穷山阿。

翰林院署第三厅,乃史官之厅。因种槐树,又曰槐厅。

李铠作《翰林院古槐歌》。古之士者,常以树喻人,表现自己的高洁和虚怀若谷。此诗最后两句,写出诗人清隽的志趣。

> 深严之地三厅旁,古槐一株摩青苍。
> 何人手植岁月久,扶疏上动虚星芒。
> 银花掩映白日静,粉署窈窕高云凉。
> 披襟其下落远韵,鼓柯振叶清且扬。
> 我闻博士舍前列数百,雍容入市陈缥缃。
> 又闻南省深夜响丝竹,往往诏拜中书堂。
> 今之古槐无乃是,承华正德差可方。
> 呜呼!大造栽培亦偶尔,有材难必登岩廊。
> 君不见:路侧纷纷荫行旅,翦伐不避缠风霜?
> 槐乎槐乎好自爱,讬根得所须流芳。

康乾之时,崇文门之东,有泡子河,其前有长溪,后有广淀,两岸高槐垂柳,"空水澄鲜",是一处离城最近而又无车尘市嚣之地。泡子河东有吕公堂,明成化年间建,嘉靖年重修。泡子河附近的私家花园别墅有张家园、方家园、傅家东西园等,往北走里许即可到贡院。

查慎行《杂咏》:

> 张园酒罢傅园诗,泡子河边马去迟。
> 踏遍槐花黄满路,秋来祈梦吕公祠。

元吴师道《九月二十三日城外纪游》诗,则写了泡子河秋水漫堤之景:

> 杪秋暇日休弦歌,五门城外观新河。
> 斗门决水已数日,浅沙漫漫无余波。
> 纵横疏凿引别派,监官督役犹挥诃。
> 循堤侧足惧疏恶,惊见崩圻当盘涡。
> 故桥旧市不复识,只有积土高坡陀。
> 城南靡靡度阡陌,疏柳掩映连枯荷。

安定门有灵椿坊。元张翥曾在此地买屋,其地有槐五株。张翥曾作《买屋灵椿坊》诗:

> 五槐浓绿荫门前,东宇西房十数椽。
> 不是衰翁买屋住,归时留作雇船钱。

香山下有鲍家寺,明嘉靖时建,寺内有古松、古槐,浓翠可爱。查慎行作有《鲍家寺》诗:

> 百株槐翳翳,九株松飕飕。
> 晴疑满山雨,夏入三分秋。

东便门外有三忠祠,地处槐村,却多古桧柏。该祠祀汉诸葛武侯及宋岳武穆王、文信公。明何景明有《三忠祠》诗:

> 三忠祠在帝城东,桧柏阴阴沙院风。
> 朝暮衣冠频下马,春秋香火一开宫。
> 中原涕泪江山远,异代精灵庙宇同。
> 汉业崩摧如宋业,古今南北恨无穷!

秘魔崖在山腰处,有大石侧立,道左右有池,甚深。池上有二柏,甚奇,只一尺高,经年不凋不荣,传说是卢师所亲植。

王士禛《观秘魔崖至龙潭》诗:

> 山行逐樵苏,径转无人迹。
> 亭午蹻高岭,逍遥随所适。
> 古寺披荒榛,乍到如有获。
> 卢师晏坐处,犹存涧边石。
> 石上留孤松,终古不盈尺。
> 地僻山鬼邻,鸟下苍苔积。
> 孤阁临寒溪,林壑莽萧槭。
> 灌木纷相纠,阴崖互崩坼。
> 何当秋雨时,惊湍若朝夕。
> 来此十日眠,濯足蛟龙宅。

查慎行《秘魔崖古柏》诗：

> 连冈东北转，鬼物托幽秘。
> 瞰空飞一片，石缝舒右臂。
> 老鸦衔柏子，偶向骈母坠。
> 飞泉难仰流，长此挛拳翠。
> 相传阅千载，仅可二尺计。
> 勒龛诱佛力，此语吾所鄙。
> 猥蒙雨露恩，竟负栽培意。
> 儿童斤斧脱，大匠栋梁弃。
> 宁非干霄姿，吁嗟守憔悴！

王士禛诗中之"石上留孤松"的"松"，显然是"柏"之误。王士禛自己在《卢师山》诗中就有"至今古洞留短柏，还看绕座开青莲"句。

阜成门内有朝天宫，元时建，明天启六年（1626）毁于火灾。明李梦阳有《朝天宫》诗，写的就是一番荒弃景象的朝天宫：

> 马上城中见雪山，白云苍树满烟关。
> 蓬莱咫尺无人到，松柏黄昏有鹤还。
> 当日翠华游物外，百年金殿锁人间。
> 浮尘扰扰江湖远，怅望岩栖不可攀。

大德显灵宫，在西四牌楼之兵马司胡同。西殿原有古柏，为雷所击，委地如屏。而六株老松安然无恙，虬枝屈曲，已数百年矣。

明冯琦《登显灵宫阁》诗：

> 极目长空雁影南，十峰当槛落晴岚。
> 清秋斜日窥金像，古木寒云锁石龛。
> 地迥楼台三岛接，天低烟树万家含。
> 虚疑缥缈缑山顶，时有箫声驻鹤骖。

朝日坛外，古松万株，森沈蔽日，都人常到此宴游。

明孙之茂《蝶恋花》词：

> 落尽棠阴春已暮。芳青多情，才过濛松雨。柳絮颠狂飞不住，秋千正在浓阴处。
> 庙口神弦初罢舞。画扇轻衫，随意城东步。笑逐钿车归去路，酒香一行青松树。

香山门径宽博，乔木夹道，往上有宾轩，乃金章宗祭星台。当年金章宗经过此路，有松密覆，故呼作护驾松。

王士禛《香山寺月夜》诗：

明月出东岭，诸峰方悄然。
　　残雪尚在地，掩映西斋前。
　　竹色既闲静，松阴媚沦涟。
　　清晖一相照，万象皆澄鲜。
　　此时憩寂者，宵分犹未眠。

查嗣瑮《西岩》诗：

　　病松龙攫拏，瘦路蛇曲屈。
　　僧去殿角穿，斜阳照古佛。

洪光寺，在西山顶。"寺磴凡九曲，历十八盘而上。每磴松柏成行，如列屏障"。明朱正初《洪光寺》诗：

　　石磴千盘殿角寒，到来松色满阑干。
　　白云飞去寺门闭，留得斜阳向客看。

朱彝尊《十八盘》诗：

　　香山十八盘，盘盘种松柏。
　　惟见独行僧，稀逢采樵客。

善应寺在西山八大处附近，寺中有四株古松。

明蒋山卿作《宿善应寺》诗,在声声梵音中,感岁月之易逝,叹世事之纷扰,并无岑寂中的禅味。

> 突兀开深殿,欹崟抵细岑。
> 松门延晚色,竹院闭秋阴。
> 寂定传灯影,清余放梵音。
> 欲嗟千日酒,空负百年心。

距善应寺不远,有万寿寺。唐武德中建。寺有戒坛,辽咸雍间造。坛在殿内,以汉白玉制。阁前有古松四株,翠枝穿结,覆盖一院。入门处二株尤奇,交缠一起,似双龙盘绕。

施闰章《宿西山戒坛》诗,有对古代隐士生活的向往,也有对人生的无奈之叹,诗中有淡淡的哀愁,含蓄而隽永。

> 清境历悬磴,飞塔浮云端。
> 桂旗时上下,百灵集丹坛。
> 举首见宸翰,光怪生林峦。
> 入门二松石,匝地双龙盘。
> 攫拏广庭隘,夏拂青天寒。
> 谽谺有崖洞,迢递穿巑岏。
> 不知客行疲,但惜春风残。
> 移筋未敢酌,高望生清欢。
> 精庐坐山月,谁解栖长安?

龙华寺在鼓楼簪儿胡同，明成化三年（1467）建。寺内松甚多。明张嘉胤有写龙华寺诗，此诗虚实相间，笔力沉着，读来却有飘飘欲仙之感。

> 地有龙华胜，心随石榻清。
> 春风一枕到，孤月万松明。
> 花散诸天雨，钟鸣不夜城。
> 抽簪如可得，于此悟无生。

锦鞯翠袖迎娇娥
——元、明、清京华之青楼一瞥

青楼，妓院之谓。李白诗《在水军宴韦司马楼船观妓》中有"对舞青楼妓，双鬟白玉童"句，杜牧《遣怀》诗曰"十年一觉扬州梦，赢得青楼薄幸名"，李贺《宫娃歌》"啼蛄吊月钩栏下"，足见唐代青楼倡优业很繁荣。元、明及清初，燕京此风更烈，曲院勾阑，鳞次栉比，一到夜来，酒肉熏天，笙歌匝地，春风醉人。

《宸垣识略》记："黄华坊有东院，有本司胡同。本司者，教坊司也。又有勾阑胡同、演乐胡同，相近复有马姑娘相同、宋姑娘胡同、粉子胡同，出城则有南院，皆旧日之北里也。"

勾阑、演乐、马姑娘胡同在东四牌楼南至灯市一带，宋姑娘、粉子胡同在牌楼北。

勾阑，宋元时百戏杂剧的演场所。勾阑内有戏台、戏房、神楼、腰棚（看席），有的勾阑以"棚"为名。元以后勾阑北里系指妓院。

本司，教坊，古代管理宫廷音乐的官署，唐朝开始设立。专管雅乐以外的音乐、舞蹈、歌唱、百戏的教司、排练、演出等事务。明代有教坊司，隶属礼部。清雍正始废。也有以教坊指代妓院的。

元、明、清时，东四牌楼东安门一带，色情买卖颇为繁荣。元宋褧《明照坊对雨》诗，记录了勾阑的繁盛和世事的凋败。

> 章台车马去如流，白雨霏烟拂画楼。
> 九陌平铺明似练，雨沟急泻碧于油。
> 美人虹见西山霁，少女风来北里秋。
> 凉意满襟帘幕卷，宫鸦归树夕阳收。

本书之《张灯不待月高时》一文，对灯市有详细介绍，特别引诗，写勾阑的盛况，诗曰"朱楼一带郁嵯峨，阵阵香风衬绮罗。龙烛薰风喧不夜，天街到处月明多"。勾阑兴旺，真可谓是"京华酒垆万歌舞，锦鞲翠袖迎娇娥"。

毛奇龄有《帝京踏灯词》，记录了清时娼业之盛："球场花貌打三郎，重戴朱竿学教坊。何处大鳌山最美？三条火巷在廊房。勾阑缺处接灯棚，五色番花四角擎。"诗歌尽写帝京之热闹非凡的景象，又于富庶繁华下见出社会风气的堕落和世风的奢靡，以青楼"三条火巷在廊房"点出勾阑的畸形发展。

元、明、清三朝，写进历史的名妓很多。仅明代，就有陈圆圆"以一身系天下之安危"。陈圆圆，名沅，字畹芳，原为苏州名妓，后被吴三桂纳为妾，住北京。吴三桂宴饮，皆陪侍左右，京城为其美艳所倾。李自成大顺政权占北京时，陈圆圆被俘。吴三桂降清，引清兵入关，攻陷北京，陈圆圆仍归吴三桂，后又随吴转至云南。吴三桂被清灭后，陈圆圆削发为尼，改名寂静，字玉庵，由夜夜笙歌、把酒言欢，归于寂寥。董小宛，以娇娆名冠南北；柳如是，以文采名满天下。柳氏"丰姿逸丽，翩若惊鸿。性狷慧，赋诗辄工，尤长近体七言"，是明末女妓中一位有代表性的人物。

值得注意的是，凡名妓者，极喜与文人相交往，相唱和，相厮守。远的不说，李白、杜甫一生与多位女妓有亲密交谊，元之赵孟頫，明之侯方域、吴梅村等清流，又有谁在青楼没有几个相好呢？

以当时的社会风尚看，那些纨绔膏粱流连于勾阑，自鸣得意，而清流也皆不以狎妓为不道德，不然明末清流盟主、复社党魁张溥，就不会宠悼柳如是了。

王恽，元通议大夫。他有一首小词《鹧鸪天——赠驭说高秀英》，就是写给说书女艺人高秀英的。

> 短短罗衫淡淡妆，拂开红袖便当场。掩翻歌扇珠成串，吹落谈霏玉有香。
> 由汉魏，到隋唐，谁教若辈管兴亡。百年总是逢场戏，拍板门锤未易当。

上片写高秀英服装及说书时的仪态，"珠成串"，形容歌喉婉转如串珠。昔白居易《寄明州于附马使君三绝句》诗，有"何郎小妓歌喉好，严老呼为一串珠"一句，可见唐时官妓已很多。白居易家妓小蛮，善舞。白居易有诗："樱桃樊素口，杨柳小蛮腰。"白居易，乃一唐时翰林学士，左拾遗，家中能养妓，可见当时养妓乃为一种世风。下片说古今兴亡之事，语带禅机，弦外有音，乃以妓说事也。

当时的名妓们，也不以操皮肉生涯为耻，而常拿片子拜客，自称"女弟"，俨然以女名士自居。柳如是在《河东君尺牍》中就自称"弟"。这在三百年前的封建社会，算得上是惊世骇俗之举了。

《河东君尺牍》文情并俱，不比当时文人的诗文差，如她写给汪然明的尺牍：

> 秋间之约，尚怀渺渺，所望于先生维持之矣。便羽即当续及。昔人相思，字每付之断鸿声里，弟于先生亦正如是。书次惘然。

最初，柳如是欲结交陈卧子，陈卧子却对此不置答，柳如是深感恚恨，便登门骂陈曰："风尘中不辨物色，何足为天下名士？"只可惜柳如是和陈卧子有缘无分，最终未能结合在一起。

后来，二十四岁的柳如是嫁给了六十岁的钱牧斋。《野语秘集》有"牧翁妾柳氏，宠嬖非常"一语，可见柳与钱的关系。

据《牧斋遗事》载，乙酉五月，清兵渡江，"柳夫人劝牧翁曰：'是宜取义全大节，以副盛名。'牧翁有难色，柳奋身欲沉池中，持之不得入"。风尘女子劝夫殉节的气节与江南名士欲苟活的现实真是形成鲜明的对照。

五月十五日，钱牧斋开城迎降，俯伏道旁，欲以金器、玉器数百件献豫王，其行为极其丑陋。且看《鹿樵纪闻》所记："翌日，豫王兵至城下，见门未启，遣使呼曰：'既迎天兵，何闭也？'有老人登陴应曰：'自五鼓候此，待城中稍定，即出谒。'骑曰：'若为谁？'复自喝曰：'礼部尚书钱谦益。'"

就这样，钱又做了清朝的礼部右侍郎。令他没想到的是，清廷还是借一件小事，将他这一政治投机者抓到北京。又是柳如是入燕京，贿于权要，曲为斡旋，钱某果然得以释放，生还里门。

柳如是嫁给大自己三十余岁的钱牧斋老翁，很难有"闺房之娱"，常有惆怅之情，有一首《春日我闻室作呈牧翁》，就有所流露：

> 裁红晕碧泪漫漫，南国春来正薄寒。
> 此去柳花如梦里，向来烟月是愁端。
> 画堂消息何人晓？翠帐容颜独自看。
> 珍贵君家兰桂室，东风取次一凭栏。

此诗选入《吴越诗选》卷三十二"名媛诗"，朱朗诣评："如是骨里皆妍，故是艳宗。"

文苑有这样的风尘奇女子，自然会受到人们的重视。民国初,陈寅恪著《柳如是别传》,后又有名家如黄裳作《绛云书卷美人图——关于柳如是》,可证有才学的风尘女子依然可登文学之庙堂。

明万历间,京师妓女最为出名者,王雪箫也,而"薛素素才技兼一时,名动公卿",她能将黄庭坚小楷写得出神入化,尤其工兰竹,其绘画时,下笔迅速,但画后兰竹各显其意态。更让京城清流震惊的是,薛素素还善骑马挟弹,在骏马急驰时,拉弓射出弹丸,再速拉弓射出另一弹丸击中前弹,使之碎于空中。观者莫不瞠目。

查嗣琛以《杂咏》诗记妓女生活:

> 西院琵琶拨未休,雪箫东院起梳头。
> 春风暖入肌肤滑,初点胭脂洗栝蒌。

元、明、清时,倡家有东西院之分,东院以瑟,西院以琵琶,"藉勋戚以避贵游之扰"。栝蒌,一种结果植物,可食,亦可捣成泥做美白皮肤用,时京中女子多用此养肤。

京城里,倡妓多以子为名,比如香子、花子之类;其穿着也有特点,寒暑必系棉裙。据《宸垣识略》载,当时女子冬日"以栝蒌涂面,但加傅而不沐;至春暖方涤去。久不为风日所侵,故洁白如玉也"。

至元十九年(1282),李宫人因善琵琶,入宫得幸。后入事兴圣宫,因足有疾,得归家侍母,而内俸如故。

王士熙有诗云：

> 一入深宫岁月长，承恩曾得侍昭阳。
> 檀槽按得新翻曲，五色云中落凤凰。

在貌似赞美的言辞背后，寄寓了诗人对李宫人的无限同情，以及对世祖的贬讽。

曹顾庵学士一次在京都勾阑处，看到女伶，甚是兴奋，遂赋《高阳台》一阕，纪其见闻：

> 莺舌新词，鸦鬟犹䰖，湘裙欲整还拖。懒散心情，朝来愁画双蛾。风约绣帘摇桦烛，对菱花，倦眼生波。尽娇憨，动人些子，元不争多。
>
> 魂销一曲清歌，却似曾相识，无可如何。影好难描，空劳石墨三螺。灯前小立红妆换，笑还嗔，唤弟称哥。暗相怜，细腰无力，又着蛮靴。

未知女伶何人，但其形象、意态、性情在词人笔下毕现——虽堕入风尘，依有娇憨天真无邪之可爱处。

倡业兴旺，青楼热闹，乃封建社会的畸形常态。

元英宗至治间，京城名伎史骡儿，善弹琵琶，深得英宗爱幸。英宗嗜酒，无敢谏阻者。一日，英宗在紫檀殿又饮，史骡儿殿前弹唱助兴，歌曲中有"酒神仙"之句。英宗大怒，命左右杀了史骡儿。过后，英宗后悔，曰："骡儿以酒讽我也。"

其实，青楼女子于精神和身体上所受折磨多令人叹惋。嘉靖举人冯惟敏在《锁南枝·盹妓》中对此有所描述——有讥笑，有体贴，又浅俗，又深沉：

> 打趣的客不起席，上眼皮欺负下眼皮。强打精神扎挣不的，怀抱着琵琶打了个前拾，唱了一曲如同睡语，那里有不散的筵席，半夜三更，路儿又跷蹊，东倒西歆，顾不的行李。昏昏沉沉，来到家中，睡里梦里，陪个了相识。睡到了天明，才认的是你。

清初，从顺治到雍正，均颁布过禁止和取缔卖淫嫖宿的法令。顺治八年，朝廷下旨停办教坊女乐。雍正年间，又谕旨废除官妓。但禁而不止，过了几年，娼业反而更加繁荣。乾隆原本风流，所以乾隆一朝娼妓尤多。日本人的《唐土名胜图》记载，古今风土变迁，最可玩味的，莫过戏楼与青楼。其中之《东西青楼之图》，绘的就是前面所说东四牌楼、灯市口之东一带，妓女长袍盛妆，弹筝侑酒，红烛绣帛，果真是温柔之乡。据《清稗类钞》载，"胭脂、石头等胡同，家悬纱灯，门揭红帖，每过午，香车络绎，游客如云，呼酒送客之声，彻夜震耳"。士大夫相习成风，恬不为怪，甚至有身败名裂因此褫官者。

皇帝如乾隆、同治等，尽管宫里有佳丽三千，仍垂涎宫外的青楼柳巷，官吏仕绅便更是如此。

清咸丰时,北京的妓风大炽。

咸丰帝亦纨绔子弟,登基后无所建树,荒唐之事却颇多。其爱醇酒、美人,朝政腐败。当时,京城有一雏伎,名叫朱莲芬。其模样俊俏,擅唱昆曲,又能作诗,工书画,咸丰见之,非常喜爱,时时传到皇宫相伴。这之前,朱莲芬与一陆姓御史交好,忽被咸丰所独宠,陆御史自然不满,便写了一奏折进谏。此折引经据典,侃侃数千言,指出皇帝乃天下之尊,怎能同一伶人鬼混。咸丰见折,仰天大笑,说:"陆大人吃醋矣!"随手用朱笔批道:"如狗啃骨,被人夺去,岂不恨哉。钦此。"并未加罪于陆御史。此为野史,似不足为信;但以咸丰帝的昏聩荒淫本性,倒也不像无端辱没他。

清同治皇帝六岁即登皇位,同治十二年亲政。第二年阴历十二月五日,十九岁时,病死养心殿。其病乃花柳病,使皇家丢尽脸面。同治无德,常以微服私访之名,到烟花柳巷嫖妓,风流过后染上性病。皇室以患天花遮掩。内廷翁同龢的笔记载:"十一月穆宗生天花,偏体蒸灼。"徐艺圃撰《同治帝之死》,也认为同治死于天花。而《清稗类钞》却认为同治死于"梅毒",即花柳病。

民谣讽之曰:"不爱家鸡爱野鹜,可怜天子出天花。"

内城排日作新春
——老北京春节

过节,是中华民族古老的风俗,是由原始社会时期的腊祭演变而来。《尔雅·释天》载"夏曰岁,商曰祀,周曰年,唐虞曰载",可证。

据文字记载,燕京古城很重视年节风俗,其时热闹非凡。

春节即农历一年的第一天,又称元日,王安石有七绝《元日》:

> 爆竹声中一岁除,春风送暖入屠苏。
> 千门万户曈曈日,总把新桃换旧符。

写的就是春节元日举国上下一片欢庆热闹的场面。

高士奇《元日养心殿待宴》诗写君臣共度春节的情景。

> 青阳淑景满乾坤,楼阁祥云捧玉尊。
> 鸳鸯两行倚绣幄,笙箫一派引金樽。

臣心愿比春冰洁,天语真同化日温。
称祝华封歌既醉,还将斑管纪殊恩。

查慎行《新年词》,写的也是燕京春节即景:

万岁山前百戏陈,内城排日作新春。
金钱多少缠头费,半出朝元会里人。

绮罗珠翠极鲜新,襦袴谁怜雪里贫?
一样升平好时节,两宫春帖进词臣。

杏黄鞯配紫貂鞍,天子亲祠祈谷坛。
前队不教传警跸,万人齐傍马头看。

才了歌场便卖灯,三条五剧一层层。
东华旧市名空在,灵祐宫前另结棚。

雀翎风细递传呼,三日君恩有赐酺。
飞放泊前骑马入,文官班次执金吾。

巧裁幡胜试新罗,画彩描金作闹蛾。
从此剪刀闲一月,闺中针线岁前多。

> 添得楼中几日忙，簇新裙帕紫姑装。
> 一年休咎凭伊卜，拍手齐歌马粪芗。
>
> 茧纸轻敲作鼓声，啷环络索铁铮铮。
> 踏歌连臂同儿戏，何限年光付送迎。

此诗写了几个过春节的场面，采取由外及里、层层推进的手法，有如《清明上河图》般，构成一幅春节的风俗画。虽未寄寓什么深刻的思想，但从"谁怜雪里贫"句，还是可以看到诗人的悲悯情怀。

正月十五，京城万众上街赏灯，毛西河《帝京踏灯词》，让我们看到灯节的热闹。

> 球场花貌打三郎，重戴朱竿学教坊。
> 何处大鳌山最美？三条火巷在廊房。
>
> 勾阑缺处接灯棚，五色番花四角擎。
> 踏断麻鞋归不得，永定门外老田更。
>
> 放夜金吾首戴翎，红缨白马驾朱軿。
> 月明只觉天星少，散作车盘两面钉。
>
> 夜凉蝉鬓贴金貂，漏滴铜瓶水渐消。

忽听盒中千炮发，襄阳城破在中宵。

一道灯轮去复回，瓜囊镂作八仙台。
走桥妇女呼教住，好让秧歌打过来。

灵祐宫联祈谷坛，蜡糊红纸坐坊官。
露珠滴尽坛前树，彩剪莲花颇耐寒。

元代诗人元好问有首写燕京风物的诗《出都（二首）》：

汉宫曾动伯鸾歌，事去英雄可奈何？
但见觚棱上金爵，岂知荆棘卧铜驼？
神仙不到秋风客，富贵空悲春梦婆。
行过卢沟重回首，凤城平日五云多。

历历兴亡败局棋，登临疑梦复疑非。
断霞落日天无尽，老树遗台愁更悲。
沧海忽惊龙穴露，广寒犹想凤笙归。
从教尽划琼华了，留在西山尽泪垂！

此为二首咏物诗。咏物诗贵在有寄托。本诗在开阔而深邃的意境中，表现了诗人深长的历史兴亡之感。这与他的另一首诗《梁园春》颇为相似：

> 双凤箫声隔彩霞,宫莺催赏玉溪花。
> 谁怜丽泽门边柳,瘦倚东风望翠华。

昔日豪华之处,如今只剩瘦柳,抚今思昔,寄慨苍茫。古来,诗人总是以酒遣愁,借四季花木哀国家之兴亡。

香雪文丛书目

刘世芬《毛姆VS康德：两杯烈酒》　　　　　　　　定价：62.00元
夏　宇《玫瑰余香录》　　　　　　　　　　　　　定价：68.00元
汪兆骞《诗说燕京》　　　　　　　　　　　　　　定价：68.00元
方韶毅《一生怀抱几人同——民国学人生平考索》　定价：66.00元
王　晖《箸代笔》　　　　　　　　　　　　　　　定价：68.00元

// 集木工作室

投稿邮箱：jimugongzuoshi@163.com

微信公众号：集木做书